Otto Bindewald

Zur Erinnerung an Friedrich Ludwig Karl Weigand

Ein Lebensbild

Otto Bindewald

Zur Erinnerung an Friedrich Ludwig Karl Weigand
Ein Lebensbild

ISBN/EAN: 9783743315075

Hergestellt in Europa, USA, Kanada, Australien, Japan

Cover: Foto ©Raphael Reischuk / pixelio.de

Manufactured and distributed by brebook publishing software
(www.brebook.com)

Otto Bindewald

Zur Erinnerung an Friedrich Ludwig Karl Weigand

Zur Erinnerung

an

Friedrich Ludwig Karl Weigand.

'Ο πιστος ἐν ἐλαχίστῳ
καὶ ἐν πολλῷ πιστός ἐστιν.
Luc. 16, 10.

Ein Lebensbild.

Von

Dr. Otto Bindewald,

Reallehrer.

Gießen.
J. Ricker'sche Buchhandlung.
1879.

Am 2. Juli 1878 schloß sich zu Gießen der Grabhügel über dem Sarge Friedrich Ludwig Karl Weigands. Wer der Mann war, braucht nicht gesagt zu werden. Sein Name ist weit über die Gränzen seiner engern Heimat hinaus im ganzen deutschen Vaterlande, ja im fernen Auslande bekannt und geehrt, und seine Leistungen und Verdienste vornämlich als deutscher Lexicograph und Sprachforscher haben nicht bloß in der wissenschaftlichen Welt und im engern Kreise seiner Fachgenossen, sondern auch unter der großen Menge der Gebildeten unserer Nation vielfach bereits wolverdiente Würdigung und Anerkennung gefunden. Auffallend kann es darum nicht erscheinen, wenn es jemand unternimmt, ein ausführlicheres Bild des Lebens und Wirkens eines solchen Mannes nach den verschiedenen Richtungen seiner Thätigkeit hin zu zeichnen und Wesen und Umfang seiner wissenschaftlichen Leistungen von ihren ersten Anfängen an bis zu den bedeutenderen Werken seines reiferen Alters und der letzten Jahre seines Lebens im Zusammenhange zu verfolgen und dem jetzt lebenden Geschlechte vorzuführen, damit, was man ihm verdankt, noch allgemeiner und intensiver erkannt werde und sein Gedächtnis auch für die Folgezeit in gesegneter Erinnerung bleibe. Befremden könnte es nur hier und da, insbesondere bei Fernerstehenden, erregen, daß gerade w i r in einer Beigabe zum Osterprogramm unserer Anstalt und zwar s o b a l d s c h o n nach dem Hinscheiden des Verewigten die Zeichnung eines solchen Lebensbildes und die Charakteristik seiner vielseitigen Wirksamkeit versuchen. Viele möchten es vielleicht für geziemender erachten, daß dieß an einem andern Orte, etwa in einer germanistischen Fachzeitschrift und von berufenerer Hand geschehe. Unser Unternehmen bedarf daher wol einiger Rechtfertigung. Wir glauben aber

1 *

dieſe zu finden, wenn wir daran erinnern, daß der Mann, von dem die nachfolgenden Zeilen handeln ſollen, die bei weitem größere Hälfte ſeines Lebens, nämlich 44 Jahre, ganz in unſerer Stadt und von dieſer Zeit mehr als drei Jahrzehnte, nämlich 18 Jahre als College und beinah 12½, als Director unſerer Realſchule, in geſegneter Thätigkeit unter uns verbrachte, alſo daß ſein Name mit der Geſchichte unſerer verhältnismäßig erſt ſo kurz beſtehenden Anſtalt aufs innigſte verknüpft iſt. Es lag daher aber auch den Lehrern derſelben bald nach dem Hinſcheiden des Verblichenen der Wunſch nahe, ihm, der unſerer Anſtalt ſo zum Schmuck und zur Ehre gereichte und ihren Namen weithin bekannt gemacht hat, in den Annalen unſerer Schule ſelbſt ein Ehrengedächtnis zu ſtiften, durch das auch noch diejenigen, welche ſpäter an ihr wirken werden, ſich erhoben und erfreut fühlen könnten. Und wenn dem Schreiber dieſes mit Zuſtimmung ſeiner Collegen dieſe weſentlich biographiſche Aufgabe zufiel, ſo darf er, ſo ſehr er auch der mancherlei dabei ſich erhebenden Schwierigkeiten und der Unzulänglich= keit ſeiner Kräfte ſich bewuſt iſt, einige Berechtigung, die Löſung derſelben zu verſuchen, in dem Umſtande finden, daß er als Student und auch ſpäter noch zu des hochverdienten Mannes Füßen geſeſſen, daß er dann 10 Jahre lang ſein Mitarbeiter an der ihm untergebenen Anſtalt und ſpäter ſein Nachfolger in den von ihm vertretenen Unterrichtsfächern an der Schule geworden iſt und auch nach ſeinem Scheiden von derſelben bis zu deſſen Tode ſtets in freundlicher Verbindung mit ihm geſtanden hat. Für die Angehörigen unſerer Schule und diejenigen, die in ſeiner engeren Heimat ihn kannten und ihm nahe ſtanden, wird darum die nachfolgende einfache und objective Schilderung, welche deßhalb auch auf manche Einzelheit Bezug nimmt, die Fernerſtehenden vielleicht unbe= deutend und unnötig erſcheint, zumeiſt geboten, um ihnen gegenüber den Gefühlen der Achtung und Verehrung Ausbruck zu geben, deren er ſich unter uns in ſo hohem Maße würdig gemacht hat. Und dazu erſchien dieſer Ort geeigneter als ein Fachblatt, das der Natur der Sache nach nur in beſtimmte Kreiſe gelangt und dem großen Publicum meiſt unzugänglich bleibt. Wenn aber auch in weiteren Kreiſen, ins= beſondere unter den Vertretern der germaniſtiſchen Wiſſenſchaft, unſere anſpruchsloſen Mitteilungen einiges Intereſſe finden ſollten, ſo würde uns das in hohem Grade freuen. Vielleicht könnten ſie der Anſtoß zu noch gründlicherer Würdigung des Verſtorbenen von Seiten eines Fachgenoſſen werden, als wir ſie jetzt ſchon zu geben im Stande ſind. Denn eine ganz vollſtändige und erſchöpfende Darſtellung ſowol der

Lebensbezüge als der wissenschaftlichen Bedeutung Weigands will und kann, bei der Kürze der dafür vergönnten Zeit, unsere Abhandlung nicht sein. Es standen leider zu derselben nur wenige und keineswegs reichlich fließende Quellen zu Gebot, und eine Veröffentlichung unserer Arbeit in einer späteren Zeit — das drängte sich dem Verfasser bei seinen mühsamen Nachforschungen und Erkundigungen an den verschiedensten Orten und bei den verschiedensten Personen auf — würde darum vielleicht einer befriedigenderen Lösung unserer Aufgabe zu gute gekommen sein. Ausgiebige Tagebücher oder sonstige Aufzeichnungen von der Hand des Verblichenen oder eines seiner Angehörigen über seine Erlebnisse oder seine Berufsthätigkeit lagen g a r n i c h t vor. Dazu schien dem bescheidenen Manne sein eigner Lebensgang gewis selbst zu einfach und zu wenig reich an interessanten und spannenden Thatsachen, und er hat daher wol auch nicht geahnt, daß derselbe so bald nach seinem Tode schon Gegenstand genauerer Nachforschung werden könnte. Außer den dürftigen Notizen, welche sich in H. E. S c r i b a's biographisch-literärischem Lexicon der Schriftsteller des Großherzogthums Hessen im 19. Jahrh. [2 Abth. S. 775 und 776 — bis zum Jahr 1843 reichend — Darmstadt bei G. Jonghaus 1843] finden, und außer einem kurzen lateinisch geschriebenen curriculum vitae, das Weigand 1836 gelegentlich seiner Promotion verfaßte, war Schreiber dieses einzig und allein auf mündliche oder schriftliche Mitteilungen von Angehörigen, Freunden und Bekannten des Verstorbenen, auf die Benutzung einzelner freundlichst zur Verfügung gestellten amtlichen Actenstücke und Briefe oder auf die eigne Erinnerung und das Studium der von ihm hinterlassenen Schriften angewiesen. Dadurch wurde allmählich ein Material zusammengebracht, das über den allerdings an großen und epochemachend ins äußere Leben eingreifenden Thatsachen keineswegs reichen, in anderer Hinsicht aber trotzdem interessanten und bedeutenden Lebens- und Entwicklungsgang des Mannes erwünschtes Licht verbreitete. Blieb dabei aber trotzdem noch Einzelnes, namentlich aus der frühesten Epoche seines Lebens nicht genügend aufgehellt, so wollte der Verfasser dieser Zeilen doch den einmal gefaßten und mit seinen Collegen festgestellten Plan nicht unausgeführt lassen, weil er aus anderweitiger Erfahrung zur Genüge weiß, wie schnell in unserer rasch lebenden und von den verschiedenartigsten sich widerstrebenden Interessen bewegten Zeit die Erinnerungen Mitlebender entschwinden, wenn sie nicht so bald als möglich fest gehalten werden. Und so möge denn die nachfolgende Skizze, bei der Verehrung und

Hochachtung die Hand geführt, aber auf die Objectivität und Zu=
verlässigkeit der Darstellung hoffentlich nicht eingewirkt haben, mit
Nachsicht aufgenommen werden.

I. Jugendzeit und Lehrjahre.

In einer Zeit der tiefsten nationalen Zerrissenheit Deutschlands,
in der aber auch die großartigsten Bewegungen und Umwälzungen im
Völkerleben bereits begonnen hatten, erblickte Friedrich Ludwig Karl
Weigand auf oberhessischer Erde, der er auch mit seinem Wirken fast
stets angehörte, nämlich zu Unter= oder Niederflorstadt in der
gesegneten Wetterau am 18. Nov. 1804 das Licht der Welt und
wurde am 21. Nov. von Pfarrer Cappe getauft. Das jetzt gegen
1500 Einwohner zählende Dorf an der Nidda gehörte damals noch
zu der Ganerbschaft Staden, einem jener politischen Gebilde,
an denen das alte deutsche Reich keineswegs arm war, deren einstige
Existenz uns jetzt freilich nur noch ein zufriedenes Lächeln abnötigt.
Dieses reichsunmittelbare winzige Territorium, das nur die Dörfer
Staden mit dem alten Ganerbenschloß, Ober= und Unterflor=
stadt (Flage- Flân- Flônstat) und Stammheim umfaßte und schon
seit 1405 gemeinschaftlicher Besitz verschiedener adeliger und nichtadeliger
Familien war, wurde zuletzt nur noch von den Grafen (nachherigen
Fürsten) von Isenburg=Büdingen, den Freiherrn von Löw von und
zu Steinfurt und den Burgmannen von Friedberg gemeinsam regiert,
war aber durch die erschütternden Ereignisse der französischen Revolu=
tionskriege, unter denen die Wetterau besonders schwer zu leiden hatte,
und die gewaltigen Stöße, die der erste Consul der französischen Re=
publik dem altersschwachen deutschen Reichskörper versetzt hatte, wie
so manche andere unhaltbare Einrichtung zur Zeit von Weigands
Geburt bereits seiner Auflösung ganz nahe gekommen*). Schon durch
den ersten und zweiten Regensburger Reichs=Deputa=
tions=Hauptschluß von 1802 und (25. Feb.) 1803 in Folge des
Friedens von Lüneville (1801) war die damalige Landgrafschaft
Hessen=Darmstadt für ihre Verluste auf dem linken Rheinufer mit so

---

*) Über die höchst interessante Geschichte dieser Ganerbschaft vgl. den Aufsatz
des Hofg.=Rats Dr. Friedrich Zimmermann im Archiv für hess. Geschichte
und Alterthumskunde, Bd XIII, 1 Heft, S. 1—77.

ansehnlichen geistlichen und anderen Gebietsteilen auf dem rechten entschädigt worden, daß sie sich eine ganz neue Organisation zu geben veranlaßt sah. Als sie aber nach Gründung des französischen Erb=kaiserthums 1804 in Folge der Stiftung des Rheinbundes am 12. Juli 1806 und der Niederlegung der deutschen Kaiserkrone durch Franz II am 6. Aug. 1806 zum Großherzogthum erhoben war, erlangte dieses die Staatshoheit über eine Anzahl weiterer, ehemals reichsständischer und reichsritterschaftlicher Besitzungen, insbesondere auch über das Burg=grafthum F r i e b b e r g (das im Jahr 1804 noch aus 77 altabeligen Burgmannen bestand, die von einem Burggrafen und 12 Regiments=Burgmannen regiert wurden) und — das große Vaterland Weigands, der auf diese Weise hessischer Unterthan wurde. So notwendig und erfreulich dieser gewaltsame Zusammensturz verrotteter und gänzlich unhaltbarer Territorialverhältnisse auch war, so schwer wurde er doch damals von Seiten der Unterthanen der annectirten mediatisirten Ge=biete empfunden. Man hatte sich in dem Junkerland — so nennt heute der Vogelsberger Bauer noch die Wetterau — vielfach in die Zersplitterung und das Kleinstaatenthum mit seinen lächerlich klein=lichen Verhältnissen so eingelebt, daß manche Thräne — und wahr=lich nicht von Seiten der Schlechtesten — floß, als sie aufgegeben werden mußten. Kein Wunder, daß auch unseres Weigand Eltern den neu sich gestaltenden Dingen mit banger Erwartung entgegensahen. Seine von Alters her in Niederflorstadt ansäßige Familie hatte ja schon bis zu seinem Urgroßvater hinauf in Diensten der zu den Gan=erben gehörigen, bereits seit Anfang des 14. Jahrh. vorkommenden Freiherrl. von Löw'schen Familie gestanden und fühlte sich mit der ganzen Hingabe eines treuen deutschen Herzens an ihr Wohl und Wehe geknüpft. Sein Vater K a r l M e l c h i o r W e i g a n d, ein kräftiger, biederer, aber strenger Mann, begleitete wie seine Vorväter bei ihr das Amt eines reitenden Försters und konnte sich nicht leicht an den Gedanken gewöhnen, daß die ihm liebgewordenen Verhältnisse eine Aenderung erfahren sollten. Er stand zur Zeit der oben ge=schilderten Thatsachen bereits in zweiter Ehe mit C h r i s t i n e E l i s a b e t h a L i c h t s t a d t (geb. 1783, Tochter des Amts=Chirurgen Friedrich Ludwig Lichtstadt in Staden, der auch seines Enkels Pathe war), aus der er außer einer Tochter und dem 1804 gebornen Sohne Karl noch einen zweiten, Wilhelm, geb. 1807, hatte, der am 10. April 1878, einige Monate vor seinem Bruder, ohne daß der damals Leidende etwas von seinem Ende erfuhr, als v. Löw'scher Oberförster

in Steinfurt i. b. W. gestorben ist. Die Mutter war eine körperlich
wie geistig durchaus kräftige und rüstige Frau und stand eben in der
ersten Blüte ihrer Jugend. Sie hat ihren Mann lange überlebt und
ist (10. Juli 1873) in einem Alter von 91 Jahren zu Steinfurt im
Hause ihres jüngeren Sohnes verstorben *).

Das erste Jahrzehnt von Weigands Leben fiel in eine tiefernste,
traurige und bewegte Zeit. Die Kunde von Krieg und Kriegsgeschrei schlug
ununterbrochen an sein kindliches Ohr, und bittere Not und Elend
allenthalben sahen fast vom ersten Erwachen seines Bewußtseins an seine
Augen. Waren seine Eltern auch keineswegs vollständig vermögens=
los, so waren sie doch unter dem Druck der Kriegszeit, durch die ein=
zelne Familien und ganze Gemeinden in Folge der beständigen Truppen=
durchzüge, Einquartierungslasten, Kriegssteuern und anderer Auflagen
der vollständigen Verarmung anheimfielen, zu großer Einschränkung
genötigt. Auf die Erziehung des von Natur übrigens nicht eigentlich
kräftigen Knaben, der von noch lebenden alten Leuten als „gar sinnig,
still und brav" geschildert wurde, konnte keine große Sorgfalt ver=
wendet werden. Da der Vater durch seinen Beruf hinlänglich be=
schäftigt war, der Mutter aber die Besorgung der häuslichen Geschäfte
ganz und gar zufiel, so blieb der kleine Karl von früh auf viel sich
selbst überlassen. Doch wurde er, als er das nötige Alter erreicht
hatte, der Dorfschule seines Heimatorts anvertraut, um da die ersten
Anfangsgründe im Lernen zu machen. Doch fielen ihm diese weder
leicht, noch zeigte er eine besondere Lust zu ihnen, und er bezeichnet
sich selbst in jenem oben genannten curriculum als „nec avide nec
facile literas sermonis germanici arripiens". Daß es ihm an
natürlichen Anlagen gefehlt habe, scheint kaum anzunehmen, wol aber
daß von früh auf wenig geschah, sie zu wecken. Vielleicht war dieß
auch der Grund, weßhalb der oben genannte Großvater mütterlicher=
seits den Knaben bald (Herbst 1810) nach zurückgelegtem sechsten
Lebensjahre ganz zu sich nach dem nur eine Stunde von Florstadt

---

*) Weigands Vater hatte aus erster Ehe mit Marie Elisabethe geb. Bäht
(† 5. Mai 1803) 4 Kinder: 1 Sohn und 3 Töchter, letztere alle verstorben, während
der erstere, früher ebenfalls v. Löw'scher Förster, Joh. Christian (geb. 19. Jan.
1791) noch lebt und trotz seiner 88 Jahre noch guter Gesundheit sich erfreut. Wei=
gands Großvater: Balthasar Christian † 1804 in einem Alter von 76 Jahren.
Sein Urgroßvater: Michael † 19. Aug. 1754 erreichte ein Alter von 89 Jahren
25 Tagen.

entfernten S t a b e n in sein Haus nahm, um ihn selbst im Lesen und
Schreiben und anderen Rudimenten zu unterrichten. Bei ihm eignete
er sich auch die ersten notbürftigen Kenntnisse an, und von ihm,
dem im evang.-lutherischen Bekenntnis feststehenden Mann, wurde er
auch im kleinen Katechismus Luthers unterrichtet, für den der Knabe
von früh auf die große Vorliebe gewann, die er sein ganzes Leben
hindurch für dieses Kleinod der lutherischen Kirche bewahrt hat. Doch
war der Kleine, so treu und liebevoll die Großeltern auch für ihn
sorgten, manchmal viel auf sich selbst angewiesen. Der Großvater,
ein in seinem Fache nicht ungeschickter Mann, der sich in der Kriegszeit vielfach verdient machte, muste in Folge seines Berufs häufig
von zu Hause abwesend sein, nahm jedoch auch manchmal den kleinen
Enkel auf seinen Berufsgängen mit, wenn er ihm irgend etwas Lehr-
reiches auf denselben glaubte bieten zu können. Andererseits waren
die gewaltigen Ereignisse der Zeit, von denen die Wetterau fortwährend aufs nächste berührt wurde, einem geordneten, wolgeregelten
Unterricht wenig günstig. Es waren die Tage, da der Bruderstaat
Kurhessen als Teil des Königreichs Westfalen unter dem Regiment
des üppigen Jerôme seufzte, in denen Napoleons großer Zug gegen
Rußland sich vorbereitete und Hessen „ein bedeutendes Contingent
kräftiger, schöner und geübter Mannschaft unter Anführung des Prin-
zen Emil", des Bruders von Großherzog Ludewig I, zu dem uner-
meßlichen Heere liefern muste, das den nordischen Koloß zertrümmern
sollte, während ein anderes hessisches Regiment (das Regiment „Groß-
und Erbprinz") den Fahnen des corsischen Völkerunterdrückers auf
spanischen Boden folgte, dort an vielen ruhmvollen Kämpfen sich beteiligte und zuletzt nach heldenmüthiger Verteidigung der Festung Babajoz
(7. April 1812) mit seinen Resten in englische Gefangenschaft fiel.
Von allen diesen Vorgängen hörte der Knabe begierig erzählen, und
alles das, wie auch, was er bei den häufigen Truppendurchzügen mit
eignen Augen sah, prägte sich so tief in seine junge Seele, daß er
in spätern Jahren und in den Tagen seines Alters oft der gering-
fügigsten Umstände sich noch erinnerte und mit wahrhaft kindlicher
Naivetät davon noch zu erzählen muste. Was er in dieser Zeit von
elementarem Wissen sich aneignete, verdankte er großenteils sich selbst.
Sobald er geläufig zu lesen im Stande war, machte er sich über die
wenigen für ihn geeigneten Bücher, die sein Großvater besaß, her,
begann in seiner Weise daraus zu nehmen, was ihm zusagte, und erlangte auf diese Weise ohne eigentlichen Unterricht so viel Kenntnisse,

daß er hinter den Knaben seines Alters in der Elementarschule sicher nicht zurückstand. Ganz besonders gern las er im Gesangbuch und in der Bibel, mit welcher letzteren er bald ziemliche Vertrautheit gewann. Ihr Inhalt zog ihn so sehr an, daß er an ihr seinen jugendlichen Geist am liebsten nährte, und dieser frühen Beschäftigung mit dem Buch der Bücher ist es auch zuzuschreiben, daß er Zeit seines Lebens ein so großer Verehrer desselben war und dem Studium der Bibelsprache Luthers mit der größten Liebe und Beharrlichkeit ergeben blieb. Einmal ein Pfarrer zu werden, war dabei aber auch von früh auf sein liebster Gedanke, und wie alte Leute noch von ihm erzählen, hat er im Hause des Großvaters auf Stühlen, die ihm als Kanzel bienten, oft kindlich geprediget. Hatten die Großthaten Napoleons ihn einesteils mit Staunen und Verwunderung erfüllt, so war sein Herz doch von frühster Jugend auf französischer Art und ausländischem Wesen abgeneigt, und kindlicher Zorn über den Vernichter der Selbständigkeit und des Glücks der Völker erfüllte sein Inneres. Die Nachrichten von dem verunglückten Zug des Imperators nach Rußland, vom Brand von Moskau, von den Anstrengungen der Verbündeten das französische Joch abzuschütteln, von dem glorreichen Sieg bei Leipzig, der Schlacht bei Hanau *) (30. Oct. 1813), von dem Eindringen deutscher Heere in Frankreich und dem jähen Sturz des Gewaltherrschers und der Wiederherstellung der deutschen Unabhängigkeit vernahm er mit Jubel und Frohlocken, wenn er auch den tieferen Zusammenhang der Ereignisse noch nicht zu fassen vermochte. Die ihm spärlich in die Hände fallenden Zeitungsblätter wie auch andere Schilderungen der Tagesereignisse verschlang er begierig, und sie, sowie einige andere geschichtliche Darstellungen waren bis zu seinem 12ten Jahre der hauptsächlichste Stoff, an dem außer Bibel und Gesangbuch sein jugendlicher Geist sich nährte. Ganz besondere Freude machte es ihm aber in diesen Kinderjahren, frei und ungebunden die Umgebungen seines Wohnorts, Feld und Wald nach allen Seiten hin zu durchstreifen und an dem ländlichen Leben sich zu beteiligen, das ihn unwiderstehlich anzog. Es

---

*) Über diese schreibt er unterm 31. Oct. 1863 an Lorenz Diefenbach: Wie war es doch gestern und heute vor 50 Jahren schreckenvoll! Noch meine ich den Kanonendonner und die Gewehrfeuer der Schlacht von Hanau zu hören. Morgens frühe aber den 1. Nov. weckten mich die an die Fenster widerschlagenden klirrenden Lanzen der plündernden Kosacken, die von Hanau zurückgedrängt waren. Das waren für Staden schreckliche Stunden!

wurde dadurch die Freude an der Natur und der Sinn für das Locale und Individuelle in ihm geweckt und zugleich die unauslöschliche Liebe zu dem heimatlichen Boden ihm eingepflanzt, die in seinen schrift= stellerischen Arbeiten später so vielfältig und so anmutend hervortritt. Die häuslichen Verhältnisse, in denen er während dieser Zeit lebte, waren höchst einfach. Die Großeltern, so treu sie es mit dem Enkel meinten, konnten bei ihrer beschränkten Einnahme keinerlei Aufwand sich erlauben, und so wurde der Knabe von früh auf an eine Bedürfnislosigkeit und Sparsamkeit zugleich, bei der er sich aber vollkommen glücklich fühlte, gewöhnt, die sein ganzes Leben hindurch ein hervorstechender Zug seines Wesens geblieben ist.

Erst als nach dem zweiten Pariser Frieden und der Neugestaltung Deutschlands durch den Wiener Congreß nach mehr als 20jähriger Kriegsdrangsal unter der Aegide des deutschen Bundestags zu Frank= furt die Zeit ruhiger Entwicklung für das Vaterland wieder gekommen war, empfing der junge Weigand vom Jahre 1816 an eigentlich den ersten, etwas umfassenderen und geregelteren, wie es scheint, unent= geltlichen Unterricht bei dem Pfarramtscandidaten Philipp Jacob Louis in Staden, dem Sohn des dasigen greisen Pfarrers Fried= rich Kasimir Louis, der, ein gebildeter und nicht unbemittelter Mann, von 1775—1818 ohne Unterbrechung dieser Gemeinde vorstand. Die Unterweisung des Ersteren erstreckte sich auf Lateinisch, Deutsch, Geschichte, Geographie und andere Gegenstände. Doch auch über diesen Lectionen waltete ein Unstern. Einmal dauerten sie nur 2 Stunden täglich, und andererseits wurden sie gar häufig ausgesetzt, so daß Wei= gand nach seiner eigenen Aussage dabei eigentlich nicht viel lernte. Trotzdem benutzte er sie, da große Lernbegierde ihn beseelte, mit Eifer, daß er es dabei doch so weit brachte, Eutropius und Cornelius Nepos ohne allzu große Schwierigkeiten ins Deutsche zu übersetzen. Nach dem Plan seines Vaters sollte Weigand später das in der ehemaligen deutschen (seit 1803 hessischen) Reichsstadt Friedberg schon von den Tagen der Reformation her — zu seiner Begründung hatte einst Me= lanchthon selbst mitgewirkt — bestehende Progymnasium, Augustineum genannt, besuchen, auf dem man sich bis zur Universität vorbereiten konnte, das aber jetzt mit ausgedehnterer Beibehaltung des humanisti= schen Unterrichts in eine Realschule IIter Ordnung umgewandelt ist. Zum großen Leidwesen des sehr wißbegierigen Knaben aber mußte in Folge des am 25. Sept. 1817 unverhofft eingetretenen Tods des Vaters, der nur 53 Jahre alt wurde, dieser Plan aufgegeben werden, da die Mutter, welche als Wittwe ihren Wohnsitz in Florstadt behielt, die ihr verbleibenden Mittel nach der Meinung ihrer Verwandten nicht für ausreichend erachtete, um für den Sohn ein academisches Studium in Aussicht zu nehmen. Am Trinitatissonntag 1818 wurde dieser von Pfarrer Ebenau zu Florstadt confirmirt, wohin er stets von Staden aus zum Vorbereitungsunterricht gegangen war.

Als einige Zeit darnach (1819) der genannte Candidat Louis nach dem Tode seines Vaters von Staden wegzog und als wolhabender Mann an einem Orte in der Nähe sich niederließ, blieb Weigand sogar eine Zeit lang ohne Unterricht. Durch fleißigen Gebrauch der in seinen Händen befindlichen Bücher suchte er den Mangel eines Lehrers zu ersetzen, aber auch durch häufigen Verkehr in den Pfarr- und Schulhäusern der Umgegend, in denen er wegen seines freundlichen und bescheidenen Wesens gar gern gesehen war. Schon in dieser Zeit knüpfte sich das Freundschaftsband zwischen ihm und dem als Sprachforscher und Schriftsteller später so hochverdienten, ihm fast gleichaltrigen, Dr. Lorenz Diefenbach (geb. 1806 zu Ostheim in der Wetterau), dessen Vater seit 1811 in dem Staden ganz naheliegenden Dorf Leidhecken als Pfarrer stand. Damals ein zart aussehender Knabe brachte der junge Weigand oft seine Musikstücke mit in das Pfarrhaus und ergötzte die Familienangehörigen durch seine bescheidenen Leistungen auf dem Klavier, durch die er sich und Andern manche frohe Stunde verschaffte. Im Jahre 1819 endlich erklärte sich der Sohn des damaligen Pfarrers Ebenau von Niederflorstadt, Karl Friedr. Ludwig Christian Ebenau*) (ein Freund des Gründers der romanischen Philologie Friedrich Diez in Bonn), der damals cand. theol. war und wegen Kränklichkeit sich längere Zeit im Hause seines Vaters aufhielt, bereit, den Unterricht im Lateinischen und in der Geschichte mit Weigand, der in der freundschaftlichsten Beziehung zum Ebenau'schen Hause stand, wieder aufzunehmen. Bei diesem zweiten Lehrer übersetzte er im Cornelius Nepos das Leben Hannibals und Hasdrubals, Einzelnes aus Cäsar's Commentarien, die Germania des Tacitus und das erste Buch von Virgils Aeneide und

---

*) Er wurde ordinirt, litt aber später an der Stimme, so daß er kein Pfarramt übernehmen konnte. Nachdem er eine Zeit lang ein Institut in Lauterbach geleitet, wo er auch den „Lauterbacher Hausfreund" herausgab, wurde er zuletzt Hofbibliothekfecretär in Darmstadt, in welcher Stellung er 1843 starb.

lernte auch die Declinationen und Conjugationen der griechischen Sprache etwas kennen. Durch ihn wurde er auch zuerst etwas näher mit ein= zelnen classischen deutschen Dichtern und Prosaschriftstellern bekannt, die er mit der größten Begierde las, so daß er sie, wie Schreiber dieses erzählt worden ist, überall mit sich herum trug und im Sommer häufig in Feld und Garten, auf Bäumen sitzend, lesend angetroffen wurde. Durch diese Lectüre wurde jedenfalls auch der poetisch = ideale Sinn in ihm angeregt, der ihm in den früheren Jahrzehnten seines Lebens, ehe die strenge Wissenschaft ihn ganz und gar zum Jünger nahm, in nicht geringem Grade eigen gewesen sein soll. Während dieser Zeit lebte er noch fortwährend im Hause des Großvaters (der den 14. Aug. 1825 im Alter von 86 Jahren starb) und ging täglich von Staden zum Empfang dieses Unterrichts nach Nieder = Florstadt, unterwegs seine Lectionen repetirend, ja von da oft auch noch weiter nach dem nahen Stammheim, um Klavierstunde zu nehmen. Wenn so die Umstände auch mancherlei Beschränkungen auferlegten, so waren es für ihn doch gar glückliche Tage, deren er sich später immer noch gern erinnerte. Leider mußte aber Candidat Ebenau in Folge seiner Kränklichkeit schon nach einem Jahre den Weigand erteilten Unterricht ganz aufgeben, so daß dieser wieder wie früher bis zum Herbst 1821, wo er in das Schullehrerseminar zu Friedberg einzutreten sich ent= schlossen hatte, ganz auf eignen Fleiß und Selbststudium angewiesen blieb. Was Jacob Grimm, der Gründer und Hochmeister der germanistischen Wissenschaft, von sich sagt: „Dürftigkeit spornt zu Fleiß und Arbeit an, bewahrt vor mancher Zerstreuung und flößt einen nicht unedlen Stolz ein, den das Bewußtsein des Selbstverdienstes gegenüber dem, was Andern Stand und Reichthum gewähren, aufrecht erhält", das gilt in noch ungleich höherem Grad von Weigand. Er sah sich von Anfang an in eine Lage gestellt, die geeignet war, die Selbstthätigkeit zu wecken und die Kräfte zu stählen, und so ist er, wie so viele Andere, ein Beispiel dafür, daß beengende und beschränkende Verhältnisse in der Jugend den nicht niederzudrücken und an der Er= reichung höherer Lebensziele zu hindern vermögen, dem Gottes Hand einen regen Trieb in die Seele gelegt hat.

Nachdem sich Weigand endlich hinlänglich vorbereitet glaubte, bezog er, beinah 17 Jahre alt, im Herbst des Jahres 1821 das damals erst seit wenigen Jahren bestehende Schullehrerseminar in Fried= berg. Es war dieß eine von den vielen nach den Stürmen des napoleonischen Zeitalters neu ins Leben getretenen Bildungsanstalten

in Heſſen, die den Beginn einer neuen Zeit documentirten, und auf
die darum begreiflicher Weiſe die Augen aller, denen die Hebung der
geiſtigen und materiellen Wolfahrt des engern Vaterlands am Herzen
lag, mit großen Hoffnungen und Erwartungen hinſahen. Um ihre ſchon
im Jahr 1811 höchſten Orts beſchloſſene, aber im Drange der Kriegs=
zeit und ihrer unmittelbaren Folgen wieder vertagte Gründung und
Entwicklung hatte ſich außer dem damaligen Kirchen= und Schulrat
Friedrich Ludwig Wagner (Verf. der „Lehren der Weisheit und
Tugend“) in Darmſtadt und dem von energiſcher Schaffensluſt be=
ſeelten jugendlichen Geh. Regierungsrat Wilhelm Heſſe in Mainz
vor allem der als vortrefflicher Schulmann hochgerühmte und verehrte
Prof. Dr. Chriſtian Theobor Roth (geb. 1766 zu Münſter
bei Laubach ſeit 1782 stud. theol. et philos. in Gießen und von 1792
an ſchon Rector des Auguſtineums in Friedberg, ſpäter (1837) Ober=
ſchulrat, ſeit 1841 penſionirt und am 13 April 1848 im Alter von
82 Jahren geſtorben) die höchſten Verdienſte erworben, die dadurch
ihre Anerkennung fanden, daß er zum erſten Director der im Jahre
1817 endlich ins Leben getretenen und in den Räumen des ehemaligen
burggräflichen Archivgebäudes am 2. Nov. deſſelben Jahres eröffneten
Anſtalt ernannt wurde. Als der junge Weigand Aufnahme in dieſelbe
begehrte, war aber die geſetzlich zuläſſige Schülerzahl 70 bereits voll,
ſo daß er für das erſte Winterhalbjahr nur als discipulus extraordinarius eintreten und dem Unterrichte beiwohnen konnte. In ſeinem
oben genannten curriculum vitae bezeichnet er ſich, was man ihm
freilich im Hinblick auf ſeine das ganze übrige Leben hindurch be=
wieſene Eigenart kaum glauben möchte, während dieſer Zeit als einen
ſehr unfleißigen Schüler (ut ingenue fatear, pigritia insignis), der
beſonders ſeinen Liebhabereien nachgegangen ſei. Als er dann aber
nach dem Ausſcheiden einer älteren Schülerclaſſe mit dem Sommer=
ſemeſter 1822 ordentliches Mitglied zunächſt der untern Abteilung
des Seminars wurde, entwickelte er, von Eifer und Lernbegierde ge=
trieben, einen ſo angeſtrengten und ausdauernden Fleiß, daß ſeine
guten Anlagen dadurch aufs raſcheſte ſich entwickelten und bald ein
erſtaunlicher Fortſchritt in Kenntniſſen, in denen er bei ſeinem Eintritt
eigentlich die meiſten ſeiner Altersgenoſſen ſchon übertraf, an ihm ſich
offenbarte. Freilich ſchwächte er dadurch auch ſeine ohnedieß nicht ſehr
kräftige körperliche Conſtitution und zog ſich ſogar ein Bruſtleiden zu,
das ſich nur langſam und allmählich ſpäter wieder verlor. Seine da=
maligen Lehrer waren der ſchon genannte, ihm herzlich wolwollende

und später mit Stolz ihn zu seinen Schülern zählende Director „Vater Roth", dem er zeitlebens in größter Anhänglichkeit und Hoch= achtung ergeben blieb, ferner der wegen seiner gründlichen musikalischen Ausbildung hochgeschätzte und als Componist bekannte Rector Peter Müller (geb. 1791 zu Kesselstadt bei Hanau, 1809—11 stud. theol. in Heidelberg, später in Gießen, 1816 Rector in Glabenbach, von 1817—1838 am Seminar in Friedberg, dann Pfarrer in Staden, wo er den 21. Sept. 1877 starb), bei dem er in Theorie der Musik, Gesang und Orgelspiel weitere Ausbildung empfing. Unterricht in Mathematik, Geographie und Naturkunde dagegen hatte er bei Dr. H. Ludwig Theodor Briel aus Grünberg, dem durch Lehrgabe und Methode ausgezeichneten dritten Hauptlehrer, neben welchem noch Herr Weihrauch als Hilfslehrer fungirte. Ihnen allen empfahl er sich außer seinem schon oben gerühmten Fleiß und Lerneifer durch sein bei aller jugendlichen Fröhlichkeit höchst pietätsvolles Wesen und die idealere Richtung seines Geistes, die sehr bald auch seinen Mitschülern offenbar wurde. Einzelne unter ihnen hatten damals unter sich eine Art Wochenblatt gegründet, zu dem jeder, je nach Kraft und Vermögen, in gebundener oder ungebundener Rede schriftliche Beiträge lieferte, die dann von Einem zusammengestellt und in gemeinsamen Zusammen= künften zur Belustigung mitgeteilt wurden Weigand soll dazu sehr häufig ergötzliche Gelegenheitsgedichte geliefert haben, da ihm die Be= handlung des Reims sehr leicht fiel. Unter den Unterrichtsgegenständen trieb er, wie er selbst sagte, mit besonderer Vorliebe biblische und Universalgeschichte, sowie Mathematik und Theorie der Musik, aber ebenso eifrig übte er sich auch in der mit dem Seminar verbundenen Schule im Unterrichten, indem er ganz kleinen Knaben im Lautiren und Lesen, wie in Ortskunde, biblischer Geschichte und den Elementen der deutschen Sprache Anweisung gab. Bei einer Probekatechese in Gegenwart des Directors Roth über das 2te Gebot des kleinen Kate= chismus Luthers erlangte er einst großes Lob, da er dabei die Dinter= schen Grundsätze zur Anwendung brachte, mit denen er sich wol ver= traut gemacht hatte. Als einer der geistig reiffsten unter seinen Mit= schülern, bei denen er sehr beliebt war, wenn er auch nur mit wenigen näheren Umgang hatte, wurde er auch oft beauftragt, schwächere der= selben in der heimatlichen Geographie zu unterrichten, ja im Sommer= semester 1824 gab er solchen auch in zwei wöchentlichen Stunden Unterricht in der Botanik und erteilte Andern auf Anordnung des Directors Anleitung zum Briefschreiben und zur Abfassung deutscher

Auffätze, weil er in dieser Hinsicht wol alle seine Mitgenossen übertraf. Die deutsche Sprache und Geschichte muß auch damals schon zu seinen Lieblingsbeschäftigungen gehört haben, und vielleicht ist Director R o t h und wahrscheinlich auch die aus dieser Zeit schon datirende Bekanntschaft mit Roths Nachfolger im Rectorat des Augustineums, dem um die Localgeschichte der Wetterau wie um hessische Landes= und Alterthums= wissenschaft hochverdienten, biedern Prof. Dr. P h i l i p p   D i e f f e n= b a ch, darauf nicht ohne Einfluß gewesen; indeß ist uns nichts darüber bekannt geworden, daß Weigand in dieser Zeit schon irgendwie auf die ältere deutsche Sprache und Literatur eine Hinweisung erhalten hätte. Andere als die damals bekannten und gebrauchten Sprachlehren von Reinbeck, Heinsius, Heyse, G. M. Roth u. A. scheint er nicht kennen gelernt zu haben.   Doch haben ihm Grübeleien über die Abstammung und ursprüngliche Bedeutung deutscher Wörter, die er vor vertrauten Freunden, wie uns gesagt worden ist, manchmal laut werden ließ, ohne daß diese ihn jedoch verstanden, damals schon sehr nahe gelegen. Während seines Aufenthalts im Seminar erregte Weigand die be= sondere Aufmerksamkeit des oben schon genannten Geh. Regierungsrats H e f f e, der für das Inslebentreten des Seminars so sehr sich bemüht hatte.   Ursprünglich einem forstwissenschaftlichen Berufe zugewandt, war dieser 1812 mit Erlaubnis seines Fürsten als Lehrer in das Fellenbergische Institut zu Hofwyl eingetreten, später in seine Vaterstadt Darmstadt zurückgekehrt und 1817 im Alter von 27 Jahren als Mitglied an die damalige provisorische Regierungscommission zu Mainz versetzt worden, in der er, der eifrige Pestalozzianer, bald zum wirklichen Re= gierungsrat und Mitglied des evangelischen Kirchen= und Schulrats der Provinz Rheinhessen avancirte.   Dieser für die Hebung des hessi= schen Volksschulwesens begeisterte und um dasselbe hochverdiente Mann, der später im Jahr 1832 die neue Schulorganisation hauptsächlich ins Leben rief, wurde im Jahr 1835 mit dem Titel eines Oberschul= inspectors an die Spitze des neuerrichteten Oberschulrats in Darmstadt berufen, welchem das Volks= und Realschulwesen des ganzen Landes unterstellt war.   Als Mitglied des Curatoriums widmete er dem neu= gegründeten Schullehrerseminar in Friedberg seine ganz besondere Auf= merksamkeit, erschien oft daselbst, wohnte häufig dem Unterricht der Lehrer und den öffentlichen Prüfungen in der Anstalt bei und that alles, was in seinen Kräften stand, das Aufblühen derselben, über die er auch eine eigne Schrift verfaßte (Die Großh. Hess. Schullehrer=Bildungs= anstalt zu Friedberg nach ihrer Entstehung und Entwicklung dargestellt.

(Mainz 1824) zu fördern. Zu den jungen strebsamen Talenten, die
er durch sein Lob zu eifrigem Vorwärtsstreben ermunterte, gehörte auch
Weigand, der sich auch noch dadurch in den Augen seiner Mitschüler
Ansehen erwarb, daß er gelegentlich der Entlassungsfeier der Zöglinge
der obern Abteilung des Seminars zu Ostern 1824 ein Abschieds=
lied im Ton und Versmaß von Schillers „Lied an die Freude" verfaßte,
das für seine damalige Anschauungsweise und Gemütsstimmung recht
charakteristisch ist und auch für seine poetische Begabung Zeugniß ab=
legt. Es fand damals den Beifall vieler angesehener Männer, ins=
besondere des damaligen 2ten Stadtpfarrers von Friedberg Hüffell
(früher Pfr. in Glabenbach, nachmals Prälat in Karlsruh), wurde
von Weigands Lehrer Rector Müller in Musik gesetzt, bei Abschieds=
feierlichkeiten öfters gesungen und durch den Druck auch weiteren Kreisen
zugänglich gemacht (Abschiedslied für die Seminaristen von einem
Zögling des Seminars, Friedberg i. W. bei P. L. Feudtner 1824).
— Im Herbst 1824 kam für ihn selbst endlich die Zeit, aus der ihm
lieb gewordenen Anstalt, der er so viel geistige Anregung verdankte,
zu scheiden. Nachdem er sich in Gegenwart Hesse's der Entlassungs=
prüfung unterworfen, erlangte er in derselben folgendes ehrende Zeugniß:
Kenntnisse 1. in der Religion: vorzügliche, kennt den Geist und
die Wahrheiten derselben. 2. in der deutschen Sprache: gründliche,
schreibt einen fehlerfreien Aufsatz und kann im Lautiren Unterricht
erteilen. 3. in der Geschichte: vorzügliche, namentlich in der deutschen.
4. in der Theorie der Musik: gute; Klavier= und Orgelspielen:
fähig. 5. Gesang: ist fähig zu unterrichten und vorzusingen. 5. Buch=
stabenrechnen: sehr gute. 6. Naturlehre: ziemliche. 7. Schön=
schreiben: schreibt eine elementarisch schöne Hand *). 8. Sittliche
Aufführung: war durchaus brav und musterhaft. Bei seiner
Unterrichtsweise hat er Fleiß, Thätigkeit und Aufmerksamkeit beurkundet.

Als er sich darauf nach Haus begab und schon mit dem Gedanken
sich vertraut machte, nach Verlauf einiger Zeit die Stelle eines Schul=
vicars in irgend einem hessischen Orte zu übernehmen, wurde ihm
auf einmal, wahrscheinlich in Folge einer Empfehlung seines Gönners,
des Reg.=Rats Hesse, eine Stelle als Lehrer in der Familie des
Frh. v. Müffling, damals kgl. preuß. General=Majors bei der Besatzung

---

*) Seine außerordentlich deutliche, feste und charakteristische Handschrift erregte
später vielfach Aufsehen.

des Bundesfestung Mainz, offerirt, der ihm die Erziehung seiner beiden Söhne Karl und Wilhelm und deren Unterricht in den Elementar= fächern anzuvertrauen beabsichtigte. Wol fiel dem damals 20jährigen Jüngling, der über die nächste Umgebung seines Heimatsdorfes wenig hinausgekommen war, bis dahin in sehr bescheidenen Verhältnissen ge= lebt und überhaupt etwas Furchtsames und Schüchternes, fast weiblich Zurück= haltendes an sich hatte, ein solcher Antrag schwer auf die Seele. Mit dem Leben der vornehmen Stände nur von fern her und aus Büchern vertraut, überkam ihn eine gewisse Bangigkeit, wenn er sich in eine von seiner seitherigen so verschiedene Lebensweise und Berufsstellung hinein= dachte, aber endlich überwog die Aussicht auf eine Lage, in der er für seine weitere Fortbildung noch etwas profitiren und namentlich seinen Lieblingsgedanken, nämlich einmal Theologie zn studiren und Land= pfarrer zu werden, der Ausführung näher bringen könne, alle anderen Bedenken, und er entschloß sich zur Annahme der Stelle. Im Spät= herbst 1824 trat er in dieselbe ein, und damit that sich zum ersten Mal die größere Welt vor ihm auf. Der Aufenthalt in der herrlichen Rheinstadt an dem prächtigsten der deutschen Ströme mit der groß= artigen Fülle historischer Erinnerungen aus allen Jahrhunderten deutscher und vordeutscher Vergangenheit, mit dem imposanten Dom, dem Meisterwerke romanischer Baukunst, und anderen interessanten Denkmälern der Architectur, mit der Citadelle und den gewaltigen Festungswerken, innerhalb deren ein so vielgestaltiges, munteres, geistig angeregtes Leben sich abspielte, konnte ja nicht anders als in hohem Grade anziehend und den Gesichtskreis erweiternd auf den für höhere Interessen aller Art empfänglichen Jüngling wirken. Vor allem aber war der Aufenthalt in der feingebildeten und hochangesehenen Familie, die schon vermöge ihrer socialen Stellung mit den gebildetsten Kreisen der Stadt in Beziehung stand, eine wahre Bildungsschule für ihn. Obgleich nur mit dem Elementarunterricht der Söhne betraut, fand er in derselben doch eine sehr wolwollende Aufnahme und erwarb sich bald durch seine anspruchslose Bescheidenheit, durch die Treue und Gewissenhaftigkeit seiner Pflichterfüllung, sowie sein solides, sittenreines Leben und Streben die Achtung und Anerkennung seines Principals wie seiner Zöglinge in seltenem Grade, so daß er auch die ihm eigne Scheu mehr und mehr überwand und sich im ganzen recht zufrieden fühlte, wenn ihm auch die Abhängigkeit, die eine solche Stellung un= vermeidlich mit sich bringt, manchmal drückend wurde. Der neue Beruf war ihm, wie er selbst in seinem curriculum sagt, aber auch darum besonders lieb und wertvoll, weil er ihm so viel Gelegenheit bot, mit den feineren Lebensformen vertraut zu werden. Praecipue vero id Moguntiaci me agere memini, ut morum humaniorum cognitione et communi vitae usu aliquantum fierem peritior atque prudentior.

Der Unterricht sowie die Leitung und Ueberwachung seiner Zöglinge, die ihm ganz zufiel, nahm ihn anfangs allerdings sehr in Anspruch, daß ihm zu Privatstudien nicht so viel Zeit blieb, als er gehofft hatte. Ehe er es mit den ersteren so weit gebracht hatte, daß sie das Gymnasium in Mainz besuchen konnten, waren sie hauptsächlich auf seine Leitung angewiesen, im Winter außer den festgesetzten Unterrichtsstunden im Hause auf ihres Lehrers Begleitung bei Spaziergängen und winterlichen Vergnügungen, im Sommer auf Ausflüge in die schönen Umgebungen der Stadt, zu Bad- und Schwimmübungen im Rhein, an denen er sich selbst beteiligte, und zu Fahrten rheinauf- und abwärts zu genauerer Kenntnißnahme des vaterländischen Stroms und der an ihn sich knüpfenden geschichtlichen Thatsachen. Ganz besonders interessirten ihn aber auch die imposanten militärischen Schauspiele, deren Zeuge er oft war, wie z. B. bei Gelegenheit des Wechsels der Gouverneur- und Commandantenstellen der Festung zwischen Oesterreich und Preußen im Jahre 1824 und 1829, sowie die umfassenden und großartigen, 6 Jahre in Anspruch nehmenden Neubauten an den Festungswerken, die vom Jahre 1826 an nach vorausgegangener Prüfung und Genehmigung von Seiten der Bundesmilitärcommission zu Frankfurt a. M. unter Leitung des k. k. österreich. Ingenieurgenerals Franz Scholl ausgeführt wurden. Bei diesen Gelegenheiten sammelte er auch die große Fülle von österreichischen Anecdoten, die er später in der Unterhaltung oft so ergötzlich anzubringen wußte. Frl. v. Müffling, des Generals Tochter, fand an denselben so großen Gefallen, daß er auf ihren Wunsch eine Anzahl derselben zu Papier brachte. Doch vergaß er über all diesen zerstreuenden Ablenkungen der Außenwelt und den Pflichten, welche die übernommene Stellung auferlegte, nicht die eigentlichen Zielpunkte seines Lebens, und darum ist gerade sein Aufenthalt in Mainz dafür von epochemachender Bedeutung geworden. Auf das ernstlichere Wiederbetreiben der lateinischen Sprache, die er seit mehreren Jahren fast ganz vernachlässigt hatte, wies ihn zunächst das Bedürfniß seiner Zöglinge hin, die er in den Anfangsgründen derselben zu unterrichten hatte, aber aus demselben Grunde wurde ihm auch von Seiten des Herrn v. Müffling eine eingehendere Beschäftigung mit der französischen, ja selbst mit den Elementen der italienischen Sprache

2 *

nahe gelegt, um auch in dieser Hinsicht seinen Pflegbefohlenen einige
Anleitung geben zu können. Hauptsächlich aber war es die Rücksicht
auf das im Hintergrund seiner Gedanken stehende Studium der Theologie,
was ihn zur gewissenhaftesten Verwendung der ihm verbleibenden freien
Zeit anspornte. Um sich die zu diesem Studium nötigen Mittel zu
ersparen, hatte er eine Hauslehrerstelle in der Stadt einem kärglichen
Schulvicariat auf dem Lande vorgezogen, und bei seiner großen Einfachheit und Bedürfnislosigkeit erreichte er diesen Zweck, der Herrn
v. Müffling keineswegs unbekannt blieb, ja von ihm aufs lebhafteste
unterstützt wurde, vollkommen. Sein edler Principal spielte sogar den
Verwalter seiner Kasse und war selbst darauf bedacht, die von Weigand
erzielten Ersparnisse ihm zu erhalten. Aber mit dem regsten Fleiß und
der unermüdlichsten Anstrengung strebte dieser auch darnach, die für das
besagte Studium ihm noch fehlenden Vorkenntnisse zu erringen. Was
Andere durch jahrelangen Aufenthalt in den Classen eines Gymnasiums
an Wissen sich zu eigen machen, das erlangte Weigand fast als bloßer
Autodidakt in den wenigen freien Nebenstunden eines in nicht geringem
Maße in Anspruch nehmenden Hauslehrerberufs. Wie er die gelegentliche
Anleitung von Freunden und Bekannten, unter denen hauptsächlich
der aus Mainz gebürtige stud. philol. Klein, nachmals Professor am
Gymnasium daselbst, genannt werden muß, benutzte, um im Lateinischen
fortzuschreiten, so geschah es auch in Bezug aufs Griechische, in dem
er früher schon einen Anfang gemacht hatte, und insbesondere auch
bezüglich des Hebräischen. Der Hauslehrer des damaligen österreichischer-
seits ernannten Commandanten von Mainz, Grafen von Mensdorff-
Pouilly, und andere wissenschaftlich gebildete jüngere Leute unter-
stützten ihn bei diesen Studien mit Rat und That, so daß es ihm
durch eisernen Fleiß und unermüdliche Ausdauer im Laufe von 5 Jahren
und 3 Monaten gelang, ohne eigentlichen fortlaufenden Unterricht die
Summe von Kenntnissen sich anzueignen, die zum Besuch einer Hochschule befähigen. Wie sehr er freilich als Autodidakt in diesen Wissens-
gegenständen denen gegenüber, die von Jugend auf in geregeltem Fort-
schritt die Classen einer höhern Lehranstalt durchlaufen konnten, im
Nachteil war, hat er nie verkannt und zeitlebens beklagt, und in seinem
curriculum heißt es in dieser Beziehung : quanto vero praestet in
publicis scholis has res percepisse, probe scio. Doch in Mainz
war es auch zugleich, wo seinem Geiste die Richtung auf die germanistischen
Studien gegeben wurde, zu denen er von Haus aus eine gewisse
Prädisposition in sich trug. Hier wurden ihm wol die Namen der

unsterblichen Gründer der germanischen Philologie, der beiden Brüder Grimm, wie auch eines Andreas Schmeller zuerst bekannt, aber ohne daß es zum Studium einzelner ihrer Werke kam. Wer ihn freilich zuerst auf das Altdeutsche hinwies, haben wir trotz mannigfacher Nachforschung nicht in Erfahrung bringen können. Daß die Anregung vom v. Müffling'schen Hause kam, ist uns ebenso wenig wahrscheinlich, als daß sie auf den Verkehr mit Lehrern an den höheren Schulen in Mainz zurückzuführen sei. Vielleicht haben häufige Besuche auf der Mainzer Stadtbibliothek sowie in dem Laden des dortigen Buchhändlers Florian Kupferberg, in denen er die literarischen Novitäten zu sehen bekam und in dessen Druckerei er auch mit der Technik des Bücherdrucks bekannt wurde, zuerst auf diese Fährte ihn geleitet. Jacob Grimms deutsche Grammatik, dieses grundlegende Werk für die deutsche Philologie, ist ihm da wol schon zu Gesicht gekommen, wie auch vielleicht schon Andreas Schmellers erste größere, schon 1821 erschienene Arbeit: „Die Mundarten Bayerns grammatisch dargestellt". Sicher ist, daß ihm dort seines Landsmanns Erasmus Alberus nach Reimsylben geordnetes deutsches Wörterbuch (Novum dictionarii genus v. 1540*) zuerst in die Hände fiel, aber ebenso auch, daß er schon im Jahre 1825 mit mundartlichen Studien sich beschäftigte, ja mit Plänen zu einem Wörterbuch seines heimatlichen Idioms, des Wetterauischen, sich trug. Denn, wie er in der Vorrede (S. XXI) zur 2ten Ausgabe von Schmellers bayr. Wötterbuch besorgt von K. Fromman sagt, hatte er schon seit dem genannten Jahr Aufzeichnungen zu einem solchen Idioticon zu machen angefangen, die er eifrig fortsetzte und ergänzte, so daß er schon 1827 einen Teil dieses Werkes in streng alphabetischer Folge unter dem Titel „Beiträge zu einem Idioticon der Wetterau" I. u. II. Heft A—K) ins Reine schreiben konnte. Auf die anregende Vertiefung in des Alberus Wörterbuch, das zu den literarischen Kostbarkeiten und Seltenheiten der Mainzer Stadtbibliothek, die es aus der ehemaligen Jesuitenbibliothek überkam, gehört (— außer in Mainz existiren, so viel uns bekannt, nur noch 5 Exemplare davon —), sind

---

*) Der vollständige Titel ist: Novum dictionarii genus, in quo ultimis seu terminalibus Germanicarum vocum syllabis observatis, Latina vocabula cum suis quaeque synonymis, additis loquendi etiam figuris ac modis, protinus sese offerunt. Ex variis authoribus collectum per Erasmum Alberum. (102 Bogen in U. 4). Es ist den Söhnen Philipps des Großmüthigen Philipp u. Ludwig gewidmet.

jedenfalls diese seine ersten lexicographischen Unternehmungen zurückzuführen, die ihn uns aber auch gleich auf dem Gebiete thätig
zeigen, für das er eine ganz besondere Befähigung und Neigung von
Jugend auf mitbrachte. Jenes Wörterbuch wurde ihm ganz besonders
lieb und wertvoll. Einmal rührte es von einem geistig hochbedeutenden
hessischen Manne her, der, wahrscheinlich in der Wetterau geboren,
1521 u. 22 ein Schüler Luthers in Wittenberg war und dann als
Lehrer und Prediger von verschiedenen Orten seiner Heimat, insbesondere
auch von Weigands 2. Heimatsort S t a b e n aus, (als pastor Stadensis
wurde Alberus am 24. Aug. 1543 zu Wittenberg von Luther zum
Dr. theol. promovirt) eine eifrige und erfolgreiche Tätigkeit für
die Verbreitung der Reformation in dem Hessenlande entfaltet hatte.
Andernteils enthielt es eine große Anzahl wetterauischer Wörter und
Wortformen, Bezeichnungen für Thier- und Pflanzenarten 2c. die sich
teilweise noch bis auf die Gegenwart erhalten haben, sowie eine Menge
localgeschichtlicher Angaben über Vorgänge aus der damaligen Zeit,
die Weigand aufs höchste fesselten, indem sie ihn lebhaft in jene
Epoche großartiger Entwickelungen versetzten. Ob aber des Letzteren
Vorliebe für die Beobachtung seiner heimatlichen Mundart und ihres
Verhältnisses zur deutschen Schriftsprache sowie der Trieb zum Sammeln und Erklären dieser dialektischen Eigenthümlichkeiten auch außerdem noch durch den im Jahre 1827 erscheinenden ersten Band von
A n d r. S c h m e l l e r s „B a y e r i s c h e m W ö r t e r b u c h“, dem 1828
der 2. Teil folgte (1836 der 3., 1837 der 4.), genährt oder gesteigert
worden sei, ist uns zuverlässig festzustellen nicht möglich gewesen. Die
genannte, wie allgemein zugestanden ist, wahrhaft mustergiltige Leistung
Schmellers, der, mit ganz außerordentlichem Talent für die Erforschung
der Tiefen des Sprachgeistes ausgerüstet, als Sohn eines armen
bairischen Kürbenzäuners (Korbmachers aus Holz- und Wurzelschienen)
aus niedrigen Verhältnissen und unter den verschiedenartigsten Wechsel-
fällen des Geschicks zum Mitglied der Akademie der Wissenschaften
und 1846 zum ordentlichen Professor der altdeutschen Sprache und
Literatur in München sich emporschwang, hat ja gleich bei
ihrem Erscheinen das höchste Aufsehen erregt und auch anderweitig
lebendigen Forschungstrieb in den verschiedensten Gegenden des Vaterlandes angeregt, daß aber Weigand sie damals schon kennen gelernt
habe, scheint uns eher zweifelhaft. Außer den genannten lexicalischen Bestrebungen des vielbeschäftigten Hauslehrers war es der K r i s t O t f r i d s
(wol in der Ausgabe bei Schilter), N o t k e r s Psalmenübersetzung,

Kero8 Interlinear=Version der Benedictiner=Regel, Tatians Ev.
Matthäi im Hochd. des 9. Jahrh. (hsg. von Schmeller, Stuttgart
und Tübingen 1827), sowie ein Teil der Evangelien in der Bibel=
übersetzung des Ulfilas, womit er sich, nach seiner eignen Aussage in
dem curriculum, in seinen Mußestunden beschäftigte. Etymologische
Untersuchungen und Nachdenken über die Begriffsunterschiede bei
synonymen Wörtern scheinen bei dieser Lectüre schon damals seine
hervorstechende Liebhaberei gewesen zu sein, wie dieß namentlich auch
seine mit dem Jahr 1828 beginnenden ersten schriftstellerischen Ver=
suche in der seit 1824 gegründeten „Allgemeinen Schulzeitung“ von
Ernst Zimmermann, Dr. theol. und Hofprediger in Darmstadt,
documentiren, der er eine rege Mitarbeit bis zum Jahre 1852, so
viel wir wissen, gewidmet hat. Alle diese Erstlingsaufsätze, die zwar
schon von großer Belesenheit in älteren, wie neueren deutschen Schrift=
stellern zeugen, nehmen noch keinen Bezug auf Grimm* und Schmel=
ler, wol aber auf die Wörterbücher und andere sprachliche Werke
von Frisch, Adelung, Campe, Heinsius, Voigtel und K. Ferd. Becker,
„einem der ersten unserer neuesten Sprachforscher“. Entwerfen wir
uns im Geiste ein Bild von der regen Thätigkeit und dem Streben
des damals 24 Jahre alten Jünglings, so muß es uns in der That
in Erstaunen setzen und mit der größten Hochachtung erfüllen. Hatte
er auch in der letzten Zeit seines Aufenthalts im von Müffling'schen
Hause, als seine Zöglinge das Gymnasium besuchten, und er mehr nur
der Beaufsichtiger ihrer Arbeiten und Privatinformator war, etwas
directere Veranlassung zu Beschäftigungen, die seine Vorbereitung für
ein Universitätsstudium förderten, immerhin bleibt es aller Anerkennung
wert, was er damals in Bezug auf seine Ausbildung erreichte, und
der ihn beherrschende sittliche Ernst kann nicht genug gepriesen werden
in einem Lebensalter, in dem Leichtfertigkeit und Verkennung des
Werts der Zeit gar oft noch die Gemüter aus der Schule ins Leben
tretender junger Leute in so hohem Grade beherrscht. Am 6. Novbr.
1829 erlebte er es, daß bei dem abermaligen Wechsel des General=
gouvernements der Festung, das an den von Oesterreich ernannten
Feldmarschall Herzog Ferdinand von Württemberg und als dessen
Stellvertreter Feldmarschall=Lieutenant Grafen Mensdorff=Pouilly (als
Vicegouverneur) überging, seinem hochverehrten Principal die Stellung
als Festungscommandant zu Teil wurde, die nachher (im Jahre 1834)
sogar unter gleichzeitiger Ernennung desselben zum Generallieutenant
zu der eines wirklichen Vicegouverneurs sich erhöhte. Aber so viel

Achtung und freundschaftliches Wolwollen er auch in diesem adeligen
Hause erfahren hatte, so war nach mehr als 5jährigem Aufenthalt
seines längeren Bleibens nicht mehr in demselben; er mußte nach der
Erringung eines eignen festen Lebensberufs streben, und da das geistliche Amt noch immer das Ziel seiner heißen Wünsche war, so beschloß
er im Frühjahr des folgenden Jahres die Universität Gießen zu be-
ziehen, um dort auf ein solches sich vorzubereiten. Mit bewegtem
Herzen schied er von der trefflichen Familie, in der er so viel Güte
genossen, und von seinen Zöglingen, die er durch seine gewissenhafte
Sorgfalt für ihr Wohl und sein freundliches, heiteres Wesen namentlich bei den ländlichen Ausflügen, insbesondere auch bei einem Besuche
mit ihnen in seiner wetterauischen Heimat, so sehr an sich gefesselt
hatte, daß sie sich nur ungern von ihm trennten. Auch nach seinem
Scheiden von Mainz blieb er mit der v. Müffling'schen Familie in
freundlichster Beziehung, und wir handeln wol nicht indiscret, wenn
wir zur Kennzeichnung dieses Verhältnisses einige Stellen zweier
aus den Jahren 1851 und 1852 uns vorliegender Briefe des damals
über 73 Jahre alten Generals, der in Horchheim bei Coblenz
als Pensionär lebte, an Weigand mitteilen.

In dem einen (vom 28. März 1851) heißt es nach Versicherungen
der Freude darüber, daß er wieder einmal etwas von Weigands eigner
Hand zu sehen bekommen habe, es sei ihm bereits bekannt, daß dessen
früherer Wunsch, ein Pastor zu werden, noch nicht realisirt worden sei.
„Ich nun! (fährt er dann fort) Lehramt ist Lehramt! Ob es nun
vom Katheder oder von der Kanzel aus geübt wird, ist gleichviel,
wenn man nur Gutes würckt — und ein zufriedenes, sorgenfreies
Leben dabey führen kann, und dieß ist, wie mir scheint, bei Ihnen
der Fall! Ein kirchliches Amt befriedigt die Eitelkeit, besonders der
Verwandten, mehr als das andere weltliche — indessen darüber muß
man hinausgehen, besonders in der jetzigen Zeitperiode, wo die Männer
auf dem Katheder glänzendere Rollen spielen als die auf der Kanzel,
weil die Philosophie sich anmaßt, höher zu stehen als die Religion,
die doch bis an's Ende der Welt das Hauptfundament für die sittliche
Menschheit sein und bleiben wird!!!“ — Dann folgen Mitteilungen
über seine Söhne, Weigands ehemalige Zöglinge, über Karl, der bei
einem Besuche in Gießen ihn leider verfehlt habe und beim 12.
Husarenregiment zu Merseburg in Sachsen stehe, und über Wilhelm,
der seit 1848 2mal an dem Krieg in Schleswig-Holstein, das erste
Mal als Freiwilliger, das zweite Mal mit seinem, dem 11. Husaren-

regimente · in Düsseldorf sehr ehrenvoll als Premierlieutenant Anteil
genommen habe. Andere sehr freundliche, scherzhafte Bemerkungen
und die Ankündigung eines Besuchs des alten 73jährigen Herrn in
Gießen schließen den Brief des „alten wolmeinenden Freundes
Müffling". In dem andern Schreiben vom 10. Januar 1852 gratulirt
er Weigand bestens zu der neuerlangten Professorwürde und meint,
einmal sei dieß ein Beweis der Zufriedenheit mit seinen Leistungen
von Seiten seiner Behörden, für's andere zugleich ein öffentliches
Anerkenntniß seiner Verdienste um die Wissenschaften. Beides ehre
ihn. „Aber, dieß freut besonders mich, fährt er fort, der Gelegenheit
gehabt hat, Ihr beharrliches Streben nach einer gründlichen wissenschaftlichen Ausbildung in seiner Entstehung — aus der Nähe — zu
beobachten und — zu achten! Mögen diese Auszeichnungen
dazu beitragen, Ihr häusliches Glück und die Behaglichkeit Ihrer
Stellung in der Gesellschaft zu erhöhen"! Dann folgen ähnliche
herzliche und freundliche persönliche Mitteilungen an „den besten und
hochgelehrten Herrn Professor" wie im ersten Brief, die den sprechend-
sten Beweis dafür liefern, wie sehr dieses Hauslehrerverhältnis auf
Achtung, Wolwollen und Vertrauen gegründet war.

Im Besitz einer mäßigen Summe, die er sich während seiner
5¼jährigen Hauslehrerlaufbahn bei seiner großen Einfachheit und
Bedürfnislosigkeit erspart hatte, erschien dann Weigand im Frühjahr
1830 in Gießen, um sich als stud. theol. inscribiren zu lassen. Ehe
dieß aber geschehen konnte, hatte er sich daselbst vorher einer Maturi-
tätsprüfung vor der sogenannten „Pädagog-Commission" zu
unterwerfen, welche aus dem Director des Gymnasiums zu Gießen,
Dr. Joseph Hillebrand, der als solcher damals den Titel „Päda-
gogiarch" führte und zugleich auch Prof. der Philosophie an der Universität
war, und noch 3 andern Universitätsprofessoren bestand. Zu letzteren
gehörte damals : Kanzler Dr. v. Arens, Geh. Rat Dr. Crome und
der Prof. jur. Dr. Marezoll. Ein eigentliches Maturitätsexamen bestand
nämlich auf den hessischen Gymnasien damals noch gar nicht, sondern
wurde, so viel wir wissen, erst seit der neuen Schulorganisation von
1832 allgemein eingeführt. Diejenigen, welche in der Prima der
Gymnasien zu Darmstadt, Mainz und Gießen ihren Cursus zur Zufriedenheit der Lehrer absolvirt hatten, wurden mit einem sogenannten
Exemtionsschein auf die Hochschule entlassen und dort ohne weiteres
Erfordernis immatriculiert, während von allen andern das obengenannte
tentamen zu bestehen war. Doch waren die Anforderungen wol gerade

nicht, die da gestellt wurden, aber daß Weigand ihnen bestens genügte, unterliegt keinem Zweifel. Unter dem Rectorat des damaligen Prof. der Medicin Dr. Phil. Friedr. Wilh. Vogt erlangte er so am 26. Mai 1830 als stud. theol. das lang erstrebte academische Bürgerrecht. Mit ganz außerordentlichem Eifer legte sich nun der im 26. Lebensjahr stehende, an geistiger Reife wol viele seiner Commilitonen übertreffende junge Mann auf theologische, philosophische und philologische Studien, zu denen sein heißer Wissenstrieb vornämlich ihn hinzog. Während seiner ganzen Studienzeit fand er zugleich mit einem stud. jur. Rud. von Jungenfeld aus Mainz, der von Seiten seiner Eltern in gewissem Sinn der Obhut Weigands übergeben gewesen zu sein scheint, Wohnung in dem Hause des Prof. Dr. Wilh. Braubach, der, wie uns gesagt wurde, mit Weigand noch entfernt verwandt und damals Vorsteher und Inhaber eines Mädcheninstituts zu Gießen war. Da die Weigand zu Gebote stehenden Mittel indeß nicht vollständig zur Bestreitung aller seiner Bedürfnisse hinreichten, so sah er sich veranlaßt, um Verleihung eines Stipendiums nachzusuchen, was ihm auch von Ostern 1831 an für die Dauer seiner Studienzeit zu Teil wurde, und anderseits an dem genannten Braubach'schen Institut einzelne Unterrichtsstunden zu übernehmen. Nach den auf der Universitäts=Kanzlei befindlichen Acten hörte er während seines 3 ½ Jahr dauernden akademischen Studiums folgende Vorlesungen: 1. im Sommer 1830: Logik und Psychologie bei Prof Hillebrand; Exegese des Briefs an die Römer und Galater bei Prof. Kühnöl und Geschichte bei Prof. Schmitthenner; 2. im Winter 1830/31: Griechische Literaturgeschichte bei Prof. Osann, Psalmen bei Prof. Pfannkuche und Geschichte des Mittelalters bei Prof. Schmitthenner; 3. im Sommer 1831: Kirchengeschichte bei Superintendent Prof. Palmer; theolog. Moral bei Prof. Crößman (später Director des Predigerseminars in Friedberg); Naturrecht bei Prof. Hillebrand und Geschichte der schönen Literatur Deutschlands bei Demselben; 4. im Winter 1831/32: Symbolik bei Prof. Palmer; Pastorallehre bei Prof. Crößman; Kirchengeschichte bei Privatdocent Hundeshagen (dem späteren Kirchenrat und Prof. in Heidelberg und Bonn); neueste politische Geschichte bei Prof. Schmitthenner und Englisch bei Prof. Adrian; 5. im Sommer 1832: Dogmatik und Moral bei Geh. Kirchenrat Prof. Dieffenbach; 6. im Winter 1832/33 finden sich besuchte Vorlesungen gar nicht verzeichnet, während er 7. im Sommer 1833

Einleitung ins N. T. bei dem neuberufenen Prof. Credner hörte, zu dem er damals schon in ein etwas näheres Verhältnis getreten zu sein scheint. Alle diese Vorlesungen besuchte er sehr fleißig und regelmäßig und schrieb die sorgfältigsten und reinlichsten Hefte nach, wie sie wol wenige Studenten aufzuweisen hatten. Und war er je einmal durch die zwingende Notwendigkeit veranlaßt, ein Collegium zu versäumen, so ergänzte er mit der gewissenhaftesten Sorgfalt und Sauberkeit die entstandenen Lücken aus den Heften seiner Commilitonen. In Rücksicht auf seine Mittellosigkeit und musterhafte Haltung zugleich wurde ihm aber auch von einigen der Professoren das zu entrichtende Honorar erlassen. Worauf er neben seinem theologischen Hauptstudium sein Augenmerk besonders richtete, war die Ergänzung und Erweiterung seiner Kenntnisse in den classischen Sprachen. Denn in dieser Beziehung hielt er sich hinter allen zurückstehend; die ein Gymnasium durchgemacht hatten. Darum trat er auch als außerordentliches Mitglied in das philologische Seminar ein und suchte näheren Umgang mit tüchtigen Studiosen der Philologie, unter denen wir besonders den 9 Jahre jüngeren Heinrich Rumpf (Sohn des 1824 verstorbenen Pädagogiarchen, Professors der classischen Sprachen und Directors des philologischen Seminars in Gießen Dr. Friedrich Karl Rumpf), jetzt Prof. am Gymnasium in Frankfurt a. M., erwähnen, in dessen Wohnung ein gar trauter, geistig vielseitig angeregter Freundeskreis sich sammelte, in dem Weigand sich sehr wol fühlte, den er aber auch häufig durch seine Kenntnisse in deutscher Literatur geradezu in Erstaunen setzte. Mit H. Rumpf las er privatim lateinische Schriftsteller, insbesondere die Oden des Horaz, und knüpfte einen Freundschaftsbund mit ihm, der sein ganzes Leben hindurch in herzlichster Weise fortbestanden hat. An dem eigentlichen burschikosen Studenten- und Verbindungsleben Teil zu nehmen oder in die sogenannten „demagogischen Umtriebe" sich einzulassen, in welche damals in Folge der Julirevolution und besonders des polnischen Aufstands so viele studirende Jünglinge sich verstricken ließen, dazu hatte Weigand, wie sich aus dem bisher Gesagten schon schließen läßt, einfach — keine Zeit. Nicht daß sein Herz etwa irgendwie fröhlicher Geselligkeit abgeneigt gewesen wäre oder für die politische Gestaltung Deutschlands, wie der Wiener Congreß sie geschaffen oder die Weise, wie der Bundestag in Frankfurt dieselbe stützen zu müssen glaubte, sich begeistert hätte! Im Gegenteil, seine Freunde rühmen bei allem ernsten Streben, das ihm eigen war, und seinem etwas verschlossenen, wortkargen Auftreten Fremden gegenüber die im Kreise von Freunden und Bekannten ihn damals beseelende, oft in mutwilligen Anecdoten, Späßen und schalkhaften Liedchen, die er dichtete, sich Luft machende Munterkeit, seine Liebe zur Musik und seine Freude an Ausflügen in die schönen Umgebungen Gießens, wie anderseits seine biedere, für Deutschlands Einheit, Macht und Größe eintretende patriotische Gesinnung. Aber an Schritten gegen die bestehenden Zustände sich zu beteiligen, das wäre seiner ganzen Natur und der ihm von Hause aus angeborenen Pietät vor der Obrigkeit zuwider und darum ihm völlig unmöglich gewesen.

Nachdem wir nun so sein Streben und Verhalten während seiner Universitätsjahre nach verschiedenen Richtungen hin charakterisirt haben, bleibt uns noch übrig, die Seite seiner Entwicklung während dieser Zeit in Betracht zu ziehen, die uns ganz besonders interessiren muß, nämlich seine Bildung zum Germanisten, die in Mainz ihren Anfang genommen hatte. Und da müssen wir bei einem Manne etwas länger stehen bleiben, der auf dieselbe directen und weitgreifenden Einfluß gehabt hat, nämlich Prof. Dr. Friedrich Jakob Schmitthenner, der, nur 8 Jahr älter als Weigand, neben dem geistvollen Hillebrand, durch Ideenreichtum, Leichtigkeit und Eleganz des Vortrags ihn wie viele seiner Studiengenossen am meisten anzog. Zu diesem trat er bald in nähere Beziehungen, die sich in nicht langer Zeit zu einem förmlichen Freundschaftsverhältnis gestalteten, so verschieden auch in vieler Hinsicht die innerste Geistesrichtung Beider war. Was den Professor und den Studenten in solche Verbindung brachte, war die gemeinsame Liebe zur deutschen Sprache und deren Betrachtungs- und Behandlungsweise seit dem Auftreten der historischen Schule deutscher Sprachforscher, die um diese Zeit immer mehr Boden gewann. 1796 zu Oberdeis im Fürstenthum Wied als Sohn des dortigen Pfarrers geboren, hatte Schmitthenner 1813 bis 1815 in Marburg und Gießen Theologie und Philosophie studirt, dann kurze Zeit eine Rectoratsstelle zu Dierdorf (in Rheinpreußen) und darauf ein Pfarramt zu Drei-felden im Nassauischen bekleidet. Nach Niederlegung desselben im Jahre 1818 war er dann 1819 als Prorector an das Gymnasium in Dillenburg und 1828 als Director an das Schullehrerseminar nach Idstein berufen worden. Da aber von Jugend auf seine Wünsche auf ein acabemisches Lehramt gerichtet waren, so kam es ihm sehr erwünscht, als er nach kaum halbjährigem Amtiren am letztgenannten Orte einen Ruf als ordentlicher Professor der Geschichte nach Gießen erhielt.

Neben eingehenden geschichtlichen Studien hatte er vor seiner Berufung
in die academische Laufbahn mit besonderem Eifer deutschen Sprachstudien sich gewidmet und außer der Beschäftigung mit den Werken
philosophisch gerichteter Sprachforscher wie Karl Ferd. Becker,
K. Bernhardt, Herling, Rablof, G. T. A. Krüger, Desaga
u. A. auch ahd. und mhd. Schriftsteller fleißig gelesen, von den
sprachwissenschaftlichen Arbeiten eines Benecke, Docen, Graff,
von der Hagen, der Brüder Grimm, Rask's u. A. Kenntniß
genommen und für Sprachvergleichung sich begeistert. Außer einer
Reihe kleinerer methodischer Arbeiten und Aufsätze in Zeitschriften,
wie z. B. Seebode's Archiv für Philologie und Pädagogik, hatte er
auch bereits mehrere umfangreichere sprachwissenschaftliche Werke, die
eine neue geistvollere Behandlung des deutschen Sprachunterrichts für
Schulen und zwar auf historischer Grundlage anzubahnen suchten, erscheinen lassen, durch die er für gewisse Kreise eine Zeit lang als
Sprachgelehrter einen nicht unbedeutenden Ruf erlangte. Wir erinnern
nur an seine „Teutsche Sprachlehre für Gelehrtenschulen
nach den Ergebnissen der neuesten Forschungen bearbeitet", an seine
Ursprachslehre, Entwurf zu einem System der Grammatik mit
besonderer Rücksicht auf die Sprachen des indisch-teutschen Stamms :
das Sanskrit, das Persische, die pelasgischen, slawischen und teutschen
Sprachen, Frankfurt a. M. 1827, sowie seine „Teutonia" oder
ausführliche teutsche Sprachlehre nach neuer wissenschaftlicher Begründung 2c. Frankfurt a. M. 1828. Ihm, dem vielseitig gebildeten
Mann, der damals noch in der Fülle männlicher Schaffenskraft stand
und mit glänzender Darstellungsgabe ausgerüstet von 1830 an auch
schon Vorlesungen über Staats- und Finanzwissenschaften zu halten
anfing, trat also Weigand persönlich näher, der sich, soweit es seine
Zeit zuließ, nicht nur die eifrige Beschäftigung mit den genannten
Schmitthenner'schen Werken angelegen sein ließ, sondern von ihm mannigfach unterstützt und ermuntert, auch auf manche damals bereits erschienenen
Werke historisch gerichteter Sprachforscher aufmerksam gemacht wurde,
die ihn später immer mehr fesselten. Es ist wol nicht zu viel gesagt,
wenn man behauptet, daß Weigand, wiederum vollständig als Autodidakt, hier schon ganz anders als in Mainz eine Ahnung von
der Bedeutung historischer Sprachstudien erlangt habe und daß in
diesen Jahren schon der erste Grund zu der tiefen, nachhaltigen und
begeisterten Hingabe an den Genius eines Jacob Grimm bei ihm gelegt worden sei, in der ihn kaum einer seiner Fachgenossen später

übertroffen hat. Im Einzelnen Genaueres über Gang und Richtung dieſer ſeiner Studien zu erfahren, iſt uns freilich nicht möglich geweſen. Sprachliche Einzeluntersuchungen und namentlich ſynonymiſcher Art müſſen ihn aber auch damals hauptſächlich gefeſſelt haben, wie be= ſonders die aus ſeiner Stubentenzeit herſtammenden Beiträge zur „Allg. Schulzeitung" beweiſen. Jacob Grimms Grammatik wird darin ſchon gelegentlich citirt, Schmeller, ſo viel wir wiſſen, noch gar nicht, aber bezeichnend für ſeinen damaligen Standpunkt ſind gewiß Aeuße= rungen wie die (Allg. Schul. Ztg. 1832, Nr. 14, Sp. 111) : „Das glänzende Dreigeſtirn der erſten unſerer neuſten Sprachforſcher, näm= lich J. Grimm, unſtreitig der größte derſelben, Schmitthenner und Becker, deren Berückſichtigung bei einem grammatiſchen Wörter= buch der deutſchen Sprache für unſere Zeit mit Recht gefordert werden muß", denen ſich manche ähnliche anreihen ließen. Schmitthenner's perſönliche Einwirkung auf den Studenten war indeß nicht von langer Dauer, denn ſchon am 20. Aug. 1832 wurde der erſtere in Folge der oben erwähnten neuen Organiſation des heſſiſchen Schulweſens als Oberſtudien= und Oberſchulrat nach Darmſtadt berufen, wodurch übrigens Weigands freundſchaftliche Beziehungen zu ihm nicht. geſtört wurden. Dort ließ Schmitthenner außer noch mehreren andern auf die deutſche Sprache bezüglichen Arbeiten auch ſein: „Kurzes deutſches Wörter= buch für Etymologie, Synonymik und Orthographie", Darmſtadt 1834 (2. Aufl. 1837) erſcheinen, an das ſich ſpäter Weigands lexicographiſche Leiſtungen anſchließen ſollten.

Nachdem derſelbe beinah 7 Semeſter lang auf der Univerſität zugebracht hatte, war es endlich ſein ſehnlichſter Wunſch, ſeine theo= logiſchen Studien, während welcher er einem bibliſch=poſitiven Stand= punkt zuneigte, zum Abſchluß zu bringen. Denn ſpäter einmal etwas anderes als Landpfarrer zu werden, lag ſeinen Gedanken vollſtändig fern. Im Juli 1833 unterzog er ſich daher unter dem Decanat des Prof. und Superintendenten Dr. K. Chr. Palmer der theologiſchen Facultätsprüfung, die damals noch jeder Examinator einzeln mit einem Candidaten in ſeiner Wohnung vornahm, und erlangte dabei am 26. Auguſt als Schlußergebniß die Note III, die nach der kurz vorher neu angenommenen Befähigungsſcala dem Prädicate „gut" entſprach. Da= auf wurde ihm im Sept. eröffnet, daß er ſich demnächſt der zweiten in Darmſtadt abzuhaltenden ſogenannten Definitorialprüfung unter= werfen könne.

Während seiner Stubenjahre . hatte er die Ferien stets bei
seiner Mutter, an der er mit zärtlicher Liebe hing, in Florstadt zuge=
bracht und in dieser Zeit auch immer intimen Verkehr mit der Familie
des Pfarrers H a n d e l in Staden gepflegt. Bis zu seiner zweiten
Prüfung wollte er aber der Ersteren nicht zur Last fallen, und
darum entschloß er sich zur Annahme einer abermaligen Hauslehrer=
stelle, die ihm noch im Herbst 1833 in der Familie des Landrichters
F r i e d r i c h L u d w i g R e h in dem oberhessischen Städtchen N i b b a ange=
boten wurde. In dem Hause dieses Mannes, der 1840 nach Umstadt
versetzt wurde und auch als Dichter sich bekannt gemacht hat, verlebte
er ein höchst angenehmes und glückliches Jahr, über das sich
seine Briefe aus jener Zeit sehr befriedigt aussprechen. Auch in seinem
curriculum heißt es darüber : „In domo hujus viri omnibus rebus
praecellentissimi vixi familiae pergrata usus consuetudine". Da
er nur einen Knaben und ein Mädchen in sehr jugendlichem Alter
zu unterrichten hatte, so blieb ihm ziemlich viel freie Zeit, die er mit
theologischen Studien für sein Examen, öfterem Predigen, Lectüre
u. s. w. ausfüllte, ohne übrigens die Beschäftigung mit deutscher
Sprache, insbesondere die Dialectforschung, ganz zu vernachlässigen.
So sehr wol es ihm aber auch in Nibba gefiel, so verließ er doch
schon die ihm liebe Reh'sche Familie, für die er gern seinen Freund
Rumpf zum Nachfolger im Erzieheramt gewonnen hätte, schon im
October 1834, um über Frankfurt und Darmstadt nach M i c h e l s t a d t
im Odenwald zu reisen, wo ihm die erste amtliche Berufsstellung ge=
boten worden war. Von dort aus unterzog er sich im November
desselben Jahrs der genannten theol. Schlußprüfung in Darmstadt,
erlangte in derselben nach gehaltener Probepredigt abermals die Note
„gut" und wurde unter die Zahl der Pfarramtscandidaten der hessischen
Kirche aufgenommen. Damit erreichten die Lehr= und Wanderjahre
Weigands ihren Abschluß, und es beginnt nun die Zeit seines amt=
lichen Wirkens in einer Sphäre, an die er früher gar nicht gedacht
hatte und in der er allmählich Zielen zugeführt wurde, die ganz außer=
halb seiner Berechnung lagen.

II. Das Reallehramt.

Im Zusammenhang mit den Bestrebungen für Hebung des Volks=
schulwesens nach den Befreiungskriegen regte sich fast überall in Deutsch=
land und so auch in Hessen das Bedürfniß nach Gründung höherer

Schulen neben den Gymnasien für die Bildung der bürgerlichen Stände. Darauf wiesen sowohl die großen Fortschritte der Zeit in naturwissenschaftlicher, mathematischer und technischer Hinsicht hin, mit denen Kaufleute, Gewerbtreibende, Landwirte u. s. w. nicht unbekannt bleiben konnten, als auch die viel entwickelteren Formen des öffentlichen Lebens, wie sie seit der Einführung der ständischen Verfassungen in Deutschland Platz griffen. Diese größere Summe von Kenntnissen und Fertigkeiten war aber in den damals bestehenden städtischen Schulen nicht zu erlangen; es bedurfte dazu eigens eingerichteter Anstalten. So entstand aus ziemlich ärmlichen Anfängen, an vorhandene Einrichtungen anknüpfend, im Jahre 1822 zuerst die Realschule zu Darmstadt, später die zu Offenbach, und eben dieses lebendig empfundene Bedürfniß führte dann 1834 auch zur Errichtung einer solchen Schule in dem kleinen gewerbfleißigen Städtchen Michelstadt im Odenwald, wo schon im Jahre 1823 dadurch, daß verschiedene Eltern sich vereinigt hatten, ein „Progymnasium" mit dem Charakter eines Privatinstituts ins Leben getreten war, an dem der nachmals als Pädagog so bekannt gewordene Seminardirector Curtman zuerst als Lehrer fungirte. Als dann nach kurzer Blüte in Folge des Mangels der nötigen Subsistenzmittel sowie der staatlichen Autorität bezüglich ihrer Leitung ein Verfall dieser Anstalt eingetreten war, kam es durch die große Opferwilligkeit des edlen Grafen Albrecht von Erbach-Fürstenau sowie des Gemeinderats der Stadt, der Staatsregierung und anderer Protectoren zur Umwandlung jener „Candidatenschule" mit mehr gymnasialem Charakter in eine Realschule, die auch unverkennbaren Einfluß auf die weitere Entwicklung des Realschulwesens im hessischen Lande geübt hat. Sie wurde am 9. October 1834 nach vorhergegangenem feierlichen Gottesdienst in der Kirche zu Michelstadt durch weitere Eröffnungsfeierlichkeiten in dem festlich decorirten Saal des neuen Schulgebäudes, wobei der damalige Oberstudienrat Schmitthenner eine ausgezeichnete Rede über Wesen und Bedeutung der Realschulbildung hielt, unter großer Beteiligung eines von nah und fern herbeigeströmten Publicums eingeweiht und am 16. October zunächst mit 26 Schülern und 5 Hospitanten in einer Classe begonnen, zu der 1835 eine zweite, 1836 eine dritte und 1843 noch eine vierte hinzukam. Zum Director der neuen Anstalt war Dr. Joseph Winterstein aus Mainz ernannt worden, der den Unterricht in den mathematischen, naturwissenschaftlichen und technischen Fächern übernahm, während neben ihm als einziger ordentlicher Lehrer auf geschehene Präsentation des obengenannten Grafen

durch Decret vom 4. October 1834 der Pfarramts-Candidat Weigand
bestellt wurde, zunächst nur proviforisch mit einem Gehalt von 350 fl.
und freier Wohnung im Schullocal. Da er schon genügende Proben
von seiner Uebung im Unterrichten abgelegt hatte, so wurde keine
weitere Prüfung von ihm verlangt, sondern in 20 wöchentlichen Stunden
der Unterricht in Religion, deutscher Sprache, Styl und Literatur,
Geographie und Geschichte, sowie auch im Latein ihm übertragen.
Außer ihm erteilten noch in andern Fächern Unterricht der gräfl. Hof-
secretär Frh. Karl von Toussaint und Hr. Mitprediger Karl
Gustav Friedrich Schneider. Ob diese Verwendung ganz in
Weigands Wünschen lag, oder ob er mehr den Weisungen seiner Gönner
folgte, ist uns nicht bekannt geworden. Sein früherer Entwicklungsgang wies ihn ja aufs Schulamt hin. Er wurde in Michelstadt aber
in eine Lage versetzt, die ihn, den ausstudirten Theologen, dem pädagogischen Beruf erhielt und die allmähliche Ersteigung der höchsten
Stufe des höheren Lehramts vorbereitete. In seinem Collegen Dr.
Winterstein, der bis Herbst 1840 in Michelstadt wirkte, hatte er einen
Mann von organisatorischem Talent, von Tact und pädagogischer Umsicht zur Seite, der unter schwierigen Verhältnissen der neuen Anstalt
ein festes Fundament legte und Einrichtungen hervorrief, die sich eine
lange Reihe von Jahren hindurch als zweckmäßig bewährten. Die
Erfahrungen, die Weigand hier auf dem Gebiete der Schulpraxis
machte, sind ihm später zu gut gekommen, und er hat seines ersten
Directors stets in anerkennender Weise gedacht. Er unterrichtete aber
auch mit rechter Freude und hatte, wie er es in einem Brief
an seinen Freund Rumpf aus jener Zeit ausspricht, Schüler, mit deren
Fleiß und Lernbegierde er sich durchaus befriedigt erklären und deren
Betragen er musterhaft nennen konnte. Es thut mir wirklich, heißt
es in jenem Briefe weiter, „im Innersten meines Herzens wohl, zum
Gedeihen der jungen Anstalt mit am Grundstein gelegt zu haben".
Aber auch in anderer Beziehung war ihm der Aufenthalt in Michelstadt angenehm und förderlich. Von der Schönheit der Gegend, deren
Reize ihn sehr anzogen, abgesehen, fand er sich durch den herzlich
gemütlichen Ton, wie er ja oft unter den Honoratiorenfamilien kleiner
Landstädte zu herrschen pflegt, sehr angezogen. Suchte er auch gerade
nicht vielen Umgang, so erfreute ihn doch sehr der nähere Verkehr
mit dem Hause des Stadtpfarrers Hessig, für den er auch öfters
predigte, sowie mit anderen Beamtenfamilien, unter denen wir die
des (später nach Offenbach versetzten) Kreisbaumeisters Eickemeyer,

einesEnkels des von derZeitder franzöf.Revolution her bekanntenGenerals
(† 1825), hervorheben. Im Hause dieses Mannes lernte er deſſen
Schwägerin und Couſine zugleich, Fräulein Roſine von Horix, die
muntere Tochter des damals in Nürnberg wohnenden Freih. Aug. v.
Horix, kennen, welche ſich damals längere Zeit in Michelſtadt aufhielt.
Mit ihr verlobte er ſich am 6. April 1835, was ihn im folgenden
Jahre zu einer Reiſe nach jener Stadt veranlaßte, um ſeinem künftigen
Schwiegervater perſönlich ſich vorzuſtellen. Nicht ſelten beſuchte er
aber auch während ſeines Aufenthalts in Michelſtadt den daſelbſt wohn=
haften gelehrten Rabbiner Wormſer [vulgo Sekke (= Iſaak) Löb], der
im Hebräiſchen wolbewandert war und auch eifrigen Talmudſtudien
oblag. Durch ihn wurde er noch genauer mit dem Urtext des A. T.
bekannt, und auf den Umgang mit dieſem Manne, von dem er ſpäter
in gut gelaunter Stunde immer die ergötzlichſten Anecdoten von un=
widerſtehlich komiſcher Wirkung zu erzählen wuſte, iſt wol ſein Intereſſe
an dem jüdiſch=deutſchen Dialect zurückzuführen, der ſein ſprachforſchen=
des Talent ſpäter ſo ſehr reizte. Von ganz beſonderem Wert wurden
ihm aber auch die freundlichen Beziehungen, in die er zu der allgemein
verehrten, für alles Edle und Schöne, namentlich Literatur und Muſik ſehr
empfänglichen gräflichen Familie von Erbach=Fürſtenau trat, die an allem,
was die neugegründete Realſchule betraf, den größten Anteil nahm. Unter
den hochgebildeten Töchtern des Grafen, die auf die Geſellſchaftskreiſe
des Städtchens einen günſtigen Einfluß ausübten, ragte beſonders die
junge, ſchöne und lebensfrohe comtesse Thecla durch ihr herrliches
Talent zum Geſang hervor. Als ſie ſich bald darauf mit dem Fürſten
Kaſimir von Iſenburg=Büdingen vermählte, dichtete Weigand, wie er
dieß auch vorher ſchon bei der Feier der ſilbernen Hochzeit ihres Vaters
gethan hatte, ein viel Beifall findendes Hochzeitsgedicht, das der großen
Verehrung, die er für die edle Dame und ihre Familie empfand, an=
ſprechenden Ausdruck gab. Mit rechter Freude beteiligte er ſich aber
auch an den literaturgeſchichtlichen Leſeabenden und der Aufführung
kleinerer Theaterſtücke (Luſtſpiele), die von Zeit zu Zeit im gräflichen,
nur einige Minuten von Michelſtadt entfernten Schloſſe Fürſtenau von
deſſen hohen Angehörigen mit Zuhilfenahme mitwirkender Kräfte aus
der Stadt in Scene geſetzt wurden. Mit Vergnügen erinnerte ſich
Weigand ſpäter immer, wie er z. B. bei der Darſtellung der Schleich=
händler von Raupach, von Schillers Wallenſteins Lager,
der Elegantin von Zſchokke und des Pachters Feldkümmel
von Tippelskirchen von Kotzebue, in dem er ſelbſt die Rolle des

„Sabinchens" spielte, als Acteur mitwirkte. Während seines Michel=
städter Aufenthalts erteilte er übrigens auch verschiedenen jungen
Damen, unter andern einem Frl. von Gemmingen, die sich in
Michelstadt bei Verwandten zu Besuch aufhielt, Unterricht in deutscher
Literatur. Ueberhaupt legte es ihm sein Schulamt nahe, die deutschen
Sprachstudien wieder mit größerer Stetigkeit aufzugreifen, als ihm
dieß sein letzter Hauslehrerberuf gestattet hatte. Vor allem waren es
an das fortgesetzte Studium der Eberhard=Maaß=Gruber'schen Syno=
nymik und andere einschlagende Werke sich anschließende Forschungen,
die ihn beschäftigten und ihn zu dem festen Entschluß brachten, ein
eignes, auf die neue historische Sprachwissenschaft gegründetes Wörter=
buch der deutschen Synonymen zu verfassen, für das er auch bald
in seinen Freistunden zu arbeiten anfing. Veranlaßt durch Freunde,
die seine vielseitigen Kenntnisse schätzten, aber vornämlich wol, um in
der wissenschaftlichen Welt größere Geltung zu erringen, erschien es
ihm um diese Zeit auch wünschenswert, den Titel eines Doctors der
Philosophie zu erwerben.

Er wandte sich zu diesem Zweck an seinen Gönner Dr. Schmitt=
henner, der, weil ihn die Verwaltung seiner verschiedenen Aemter
in Darmstadt und das damit verbundene leidige Actenlesen zu sehr
von wissenschaftlicher Beschäftigung abzog, schon 1835 als Prof. der
Staats= und Cameralwissenschaften mit dem Titel eines Geh. Re=
gierungsrats wieder nach Gießen zurückgekehrt war und von Michaelis
1836 bis dahin 1837 das Rectorat der Universität verwaltete. Dieser
billigte Weigands Vorhaben sehr, und so bewarb sich derselbe bei der
philos. Facultät um die Doctorwürde, aber zugleich mit dem Bemerken,
daß ihm seine Vermögensumstände nicht gestatten würden, die ganze
bei der Promotion zu zahlende Summe zu erlegen, sondern daß er nur
etwa 100 fl. dafür aufzubringen im Stande sei. Nach eifriger Ver=
wendung Schmitthenners, der nicht nur Weigands Mittellosigkeit be=
stätigte, sondern auch, sowol weil derselbe in seiner Eigenschaft als Lehrer
an einer höheren Schule zu großer Zufriedenheit seiner Vorgesetzten
fungire, als auch wegen der gediegenen Aufsätze über die deutsche Sprache,
die er in verschiedenen Blättern bereits geliefert habe, für seine Würdig=
keit als Petent warm eintrat, ging die Facultät gemäß dem
Vorschlag ihres Decans Dr. Abrian darauf ein, nach Einreichung
eines curriculum vitae und Vorlegung der nötigen Urkunden und
Zeugnisse, sowie eines specimen eruditionis ohne Doctorexamen
und Disputation die Promotion zu erteilen. Weigand schickte

3*

darauf das curriculum ein, aus dem wir bereits mehrfach Stellen mitgeteilt haben, sowie eine ziemlich umfängliche Abhandlung, betitelt: „Versuch einer Unterscheidung sinnverwandter Wörter der deutschen Sprache nach dem gegenwärtigen Stande der deutschen Sprachforschung. Aus dem Manuscript eines Handbuchs der sinnverwandten Wörter der deutschen Sprache". Es waren im ganzen 28 weitläufiger ausgearbeitete Artikel der ersten Bogen seines Manuscripts für das von ihm beabsichtigte synonymische Wörterbuch. Die Facultät erklärte sich nach diesen „gebiegenen Proben" wissenschaftlicher Leistung zufrieden gestellt, und so erteilte, nachdem auch die Angelegenheit bezüglich der Promotionsgebühren [trotz des Einspruchs eines Facultätsmitgliebs] nach Weigands Bitte geregelt worden war, der damalige Universitätskanzler Dr. Linde d. d. Darmstadt 27. Nov. 1836 die venia promovendi, worauf dann der Schul- und Pfarramtscanbibat und Reallehrer post exhibitas et comprobatas ingenii atque doctrinae eximias dotes unterm 30. Novbr. zum Doctor creirt wurde, eine Würde, die ihn hoch erfreute, deren Verpflichtungen er sich aber auch sein ganzes Leben hindurch aufs ernstlichste bewust geblieben ist.

Doch sollte nach Erlangung derselben des jungen Doctors Aufenthalt in Michelstadt nicht mehr lange dauern. Schon seit längerer Zeit hatte man auch in Gießen, der Provinzialhauptstadt von Oberhessen, die Gründung einer Realschule neben dem daselbst bestehenden Gymnasium als notwendig erkannt, und nach vielen und langen Vorverhandlungen war enblich deren Inslebentreten im Frühling 1837 ermöglicht worden. Als es sich um Besetzung der neu zu creirenden Lehrerstellen handelte, richteten sich die Blicke der maßgebenden Männer vornämlich auch auf den noch provisorisch angestellten Weigand und führten enblich unter'm 1. April 1837 dessen Berufung als definitiver orbentlicher Lehrer an diese neue Anstalt herbei. So schöne Jahre freubigen Strebens berselbe aber auch, geachtet und hochgeschätzt von allen, die ihn kannten, in Michelstadt verlebt hatte, und so sehr man es auch von Seiten des Stadtvorstandes sowie Sr. Erlaucht des Grafen Albrecht, des Mitbegründers und erhabenen Protectors der Schule, gewünscht hätte, daß Weigand berselben erhalten bliebe, so war boch die Aussicht auf eine Anstellung in einer Universitätsstadt, die so vielfältige Gelegenheit zu wissenschaftlicher Weiterbildung bot, für einen so strebsamen jungen Mann wie er, der damals im 33. Jahre seines Alters stand, zu verlocend, als baß er ihr nicht hätte folgen sollen. Mit schwerem Herzen trennte er sich zwar von den ihm liebgewordenen Verhältnissen, aber doch mit frohem Blick auf die ihn erwartende neue Stellung, die auch durch die Begründung eines eignen Hausstandes, an den er jetzt denken konnte, noch ganz besonderen Reiz erhielt. So langte er, nachdem er am 6. April 1837 zu Nürnberg in die Ehe getreten war, am 10. des genannten Monats mit seiner jungen Frau, mit der er, trotzdem daß sie katholischer Confession war, bis zu seinem Tode in glücklicher Verbindung lebte, in der Musen=stadt an, wo er eine seinen Verhältnissen angemessene bescheidene Wohnung bezog *).

Die feierliche Eröffnung der neuen Schule, auf welche die Auf=merksamkeit und Erwartung nicht nur der Stadt, sondern der ganzen Provinz hingelenkt war, fand am 28. April 1837 durch einen Gottes=dienst in der Stadtkirche statt, zu welchem eine gedrängte Versammlung aus allen Ständen, unter ihnen verschiedene hohe Würdenträger in Staat und Kirche, viele Universitätsangehörige und Mitglieder des Gemeinderats, sich eingefunden hatte. Nach einem durch einen Männerchor aus der Stadt ausgeführten vierstimmigen Gesang und einem von dem damaligen Kirchenrat Dr. Engel gehaltenen salbungs=vollen Weihegebet hielt der zum Director der neuen Anstalt provisorisch ernannte Prof. Dr. Wilh. Braubach vor dem Altare eine des Tags würdige und der Feier angemessene Rede, die später im Druck erschien (Gießen bei Heyer, Vater, 1837), verlas dann die Namen der außer ihm noch ernannten weiteren Collegen und erklärte dieselben für in ihr Amt eingewiesen. Es waren außer dem für Religion, deutsche Sprache und Geschichte angestellten Dr. Weigand noch Dr. Joh. Müller, der, bis dahin am Gymnasium zu Darmstadt beschäftigt, zum Lehrer der Physik und Mathematik und des geometri=schen Zeichnens in den oberen Classen berufen worden war; ferner Dr. Jacob Ettling für Naturwissenschaften und Chemie; Reallehrer Georg Ernst Stein (später Dr. und Director) für Arithmetik, Geo=graphie und Buchhaltung; Reallehrer Joh. Heinrich Hanstein (später Dr.) für französische und englische Sprache; Reallehrer Wilh. Dickore für Freihandzeichnen und Modellieren; cand. philol. Heinr. Köhler (nachher Dr. und Lehrer am Gießener Gymnasium) für Schönschreiben

---

*) Er wohnte zuerst bei dem Nagelschmied Justus Kunz (später Wirt zum deutschen Haus) auf dem Neuenweg, dann seit 1841 im Hause des Schuhmacher=meisters Dietz in den Neuen Bäuen und seit 1868 bei dem Schreinermeister Seipp auf der neuen Anlage.

unb Cantor **S ch w a b e** für Gesang. Wie sehr auch das Gymnasium
bamals an Errichtung ber neuen Schwesteranstalt Anteil nahm, bewies
biefes burch eine am Morgen bes Tags übersanbte, vom Gymnasial=
lehrer Dr. Winkler gebichtete schöne lateinische Festobe mit ber Ueber=
schrift : „Gymnasii minor natu soror salutatur".

Am 1. Mai begann bann ber eigentliche Unterricht mit 100 neu
angemelbeten Schülern, bie in **IV** Classen eingeteilt wurben, in
einem für bie Zwecke ber Anstalt eigentlich von vorn herein nicht
ausreichenben, ziemlich bürftigen Local in ber Weitengasse, bas bann
auch sehr balb ben Wunsch nach größeren unb würbigeren Räumen
nahe legte, beren Beschaffung aber boch erst lange nachher zur Wirk=
lichkeit werben konnte.

So war benn Weiganb zum zweiten Mal in bie erste Entwicklung
einer neugeschaffenen Anstalt hineingestellt, aber zugleich auch in bie
Bahn gewiesen, in ber er nun $30 \frac{1}{2}$ Jahr lang ununterbrochen
bleiben sollte. Die Rücksicht auf biese seine Stellung zu unserer Schule
rechtfertigt es wol, wenn wir auf bie Entwicklung berselben währenb
biefes Zeitraums etwas näher eingehen unb seine Thätigkeit an ber=
felben in ben allgemeinsten Umrissen barlegen.

Der anfangs provisorisch ernannte erste Leiter ber neuen Anstalt
war, wie gesagt, Prof. Dr. **B r a u b a ch** *), in bessen Haus Weiganb
seiner Zeit als Stubent gewohnt hatte. Im Jahre 1841 wurbe bem=
felben biefes Amt befinitiv übertragen, bas er bann bis zum Beginn
bes Sommersemesters 1855 verwaltete. Unter seiner Direction blühte
bie mit so großen Erwartungen gegrünbete unb gleich anfangs von
einer ziemlich großen Zahl bereits bejahrterer Schüler besuchte Anstalt
erfreulich auf, ohne indeß in berselben Weise sich fortzuentwickeln, wie
man sich bieß wol gebacht hatte. Ob man überhaupt bie Ziele für
bieselbe zu hoch gesteckt ober manche in localen Verhältnissen liegenbe
hinbernbe Factoren für eine steigenbe Frequenz außer Acht gelassen

---

*) Er war am 28. März 1792 zu Butzbach geboren, hatte von 1813 bis 1815 in
Gießen theologische, philologische unb philosophische Vorlesungen gehört, 1816 baselbst ein
Lehr= unb Erziehungsinstitut für bie weibliche Jugenb gegrünbet, 1823 promovirt unb
bie venia legendi an ber Universität erworben. Im Jahr 1832 wurbe er zum
außerorbentl. Prof. ber Philosophie (insbesonbere ber Pädagogik) ernannt. Er
verfaßte viele sprachphilosophische, pädagogische unb anbere Werke, unb zog nach seiner
Pensionirung später nach Wiesbaben, wo er am 23. April 1877 im 86. Lebensjahre
starb. Seine Leiche wurbe aber nach Gießen gebracht unb bort am 25. April
beerbigt.

hatte, oder ob vielleicht auch die nach einiger Zeit nachlassende Energie
des ersten Directors daran mit Schuld trug, wollen wir hier nicht
entscheiden. Gewiß ist, daß Weigand reichlich mit Arbeit an derselben
bedacht wurde, der er sich mit dem Eifer, der Gewissenhaftigkeit und
Pflichttreue unterzog, die einen Grundzug seines ganzen Wesens
bildete. Außer dem Unterricht in Religion, Deutsch und Geschichte,
der ihm hauptsächlich durch alle Classen hindurch zufiel — Braubach
unterrichtete in denselben Gegenständen, aber nur in 10, später nur
in 8 wöchentlichen Stunden — und der ihn 20 bis 22 Stunden, ja
manchmal auch, ausschließlich der mit dem deutschen Unterricht ver=
bundenen häuslichen Correcturen, noch mehr wöchentlich in Anspruch
nahm, hatte er in den ersten 3 Jahren seiner Anstellung auch noch
2 Stunden in der Woche im Latein zu unterrichten, für das er dann
bis zum Jahre 1844 in der untersten Classe in eben so viel Stunden
die Zoologie übernahm, wozu weiterhin noch in den ersten 12 Jahren
die Verwaltung der Schülerbibliothek kam. Als dann ihm, dem ältesten
und würdigsten im Collegium, am 20. Juni 1855 nach erfolgter
Pensionirung des bejahrten Directors Braubach dessen Stelle provi=
sorisch übertragen wurde, behielt er anfänglich noch die Zahl von
19, und später, nachdem er am 27. Januar 1857 definitiv Director
geworden war, bis zu seinem Scheiden von der Anstalt 14 Unterrichts=
stunden bei neben der großen Menge reichlich in Anspruch nehmender
Directorialgeschäfte. Von den mit ihm zugleich im Jahre 1837 er= ·
nannten Collegen, mit welchen allen er im besten Einvernehmen stand,
schied zuerst 1844 der tüchtige Physiker Dr. Müller, um einem Ruf
an die Universität zu Freiburg im Breisgau zu folgen, an dessen
Stelle Dr. Theod. Ludwig Tasché aus Darmstadt berufen ward.
Sodann wurde der von Weigand wegen seiner gründlichen Kenntnisse,
seiner ausgezeichneten Lehrgabe und liebenswürdigen Eigenschaften als
Mensch hochgeschätzte Dr. Ettling, zugleich außerordentlicher Prof.
an der Universität, am 27. Juni 1856 plötzlich und allgemein beklagt
durch den Tod abgerufen. Zu seinem Nachfolger ernannt wurde Dr.
Otto Buchner von Darmstadt, außer welchem der Universitäts=
Professor Dr. Herm. Hoffmann anfangs noch 2 Stunden wöchentlich
in Botanik Unterricht erteilte, wonach dann am 27. April 1857
in Folge der definitiven Ernennung Weigands zum Director und der
damit zusammenhängenden Aenderungen in der Stundenverteilung
Schreiber dieses in's Collegium eintrat. Der Tod des älteren Collegen
Dr. Hanstein am 15. Sept. 1861 führte sodann in demselben Jahr noch

die Berufung des Dr. Konrad Lips und nach dessen Versetzung nach Darmstadt (1864) die des Reallehrers Dr. Emil Glaser von Grünberg herbei. Als Zeichenlehrer trat ferner nach W. Dickore's Tod [am 15. Juli 1865] W. Bahrer von Darmstadt 1866 ins Collegium. Außer diesen Personalveränderungen während Weigands Wirken an der Schule sind als hervorragendere Ereignisse, die in seine Directorialzeit fallen, noch zu nennen: die Einweihung des neuen stattlichen Realschulgebäudes unmittelbar vor dem Neuenweger-Thor am 23. October 1856, die Feier des 100j. Geburtstags Schillers am 10. November 1859 und die des 25j. Bestehens der Real-schule am 19. April 1862, sowie endlich die 50j. Jubelfeier zur Erinnerung an die Schlacht bei Leipzig den 18. October 1863. Bei den an erster und an dritter Stelle genannten Feierlichkeiten hielt Weigand zwei ansprechende Festreden, die in den Programmen der Realschule von 1857 und 1863 sich abgedruckt finden. Weiterhin fallen in die Zeit seiner Direction die politischen Ereignisse des Jahres 1866, die für das Realschulwesen Hessens von epochemachender Bedeutung geworden sind. Auch für die Realschule in Gießen, deren Verhält-nisse unter Weigands Leitung im wesentlichen die gleichen geblieben waren, wie früher, führten sie durchgreifende Veränderungen und Er-weiterungen in der Organisation herbei, die aber erst nach der Nieder-legung seines Directoriums im Herbste 1867 unter seinem Nachfolger Dr. Stein ins Leben zu treten begannen.

Doch auch über Weigands Wirken als Lehrer und Director können wir nicht umhin, uns einige Bemerkungen zu erlauben. Beim Religionsunterrichte legte er mit besonderer Vorliebe Luthers kleinen Katechismus mit dazu gefügten Sprüchen und Liederversen zu Grund, in der Weise wie er ihn selbst in frühester Jugend sich eingeprägt und ihn lieb gewonnen hatte. Wenn er daneben auch in den früheren Jahren seiner Schulthätigkeit Dinters Glaubens- und Sittenlehre des Christenthums, später den Babischen (kirchenregimentlich eingeführten) Katechismus eine Reihe von Jahren benutzte, so ist doch seine religiöse Grundauffassung, soweit wir dieselbe aus Unterredungen mit ihm kennen, wesentlich die des kleinen Katechismus geblieben. Wie hoch er den-selben hielt, ergibt sich wol aus folgenden Worten, die wir einer seiner Recensionen im Theol. Literaturblatt 1847, Sp. 184 ent-nehmen, wo es heißt: „Wie einfach waren doch die alten Katechismen und wie breit sind dagegen die heutigen! Nur in Luthers kleinem Katechismus, dieser köstlichen Perle unserer protest. Kirche, finden wir

jene alte Einfachheit und tiefe christliche Innigkeit wieder, welche
unseren neuen, weitläufigen Katechismen mehr oder weniger abgehen,
die darum auch in das Volk weder recht einbringen, noch zu voller
kirchlicher Geltung bei ihm gelangen wollen. Und wo bleibt in
diesen neuen Katechismen das glaubensstarke, frische deutsche Herz,
das aus Luthers Worten spricht?" Und ebenso hoch hielt er die
Bibel mit ihrer kernigen Sprache als Grundlage des religiösen Er-
kennens, Lehrens und Lernens für die Schule, wofür wir ebenfalls
treffende Urteile aus seinen Schriften, wie aus mündlichen Unterhaltungen anführen könnten, wenn es der hier verstattete Raum nicht
verböte (vgl. Allg. Schulztg. 1844, Nr. 118, Sp. 972 ff.).

Was nun seine Ansichten über Wesen und Methode des deutschen
Unterrichts betrifft, so wird es die Leser dieser Blätter vielleicht ver-
wundern, daß gerade er, der grundgelehrte Sprachforscher, in dieser
Hinsicht keine bestimmten festen Principien vertrat und am allerwenigsten
auf systematische Betreibung der Grammatik oder geflissentliche Ver-
wertung der Resultate wissenschaftlicher Sprachstudien in der Schule
drang. Als Schreiber dieses unter seiner Direction einen Teil des
deutschen Unterrichts übernahm und, in Bezug auf Methode und grammatische Behandlung etwas ungewiß, seinen Rat einholte, erklärte er
sich dahin, daß für Realschüler der praktische Gesichtspunkt vor allem
im Auge zu behalten sei und daß grammatische Erläuterungen mehr
nur gelegentlich bei der Lectüre oder der Besprechung schriftlicher
Arbeiten zu geben seien und an die lebendige Sprache, insbesondere
auch an den Volksdialekt, anzuknüpfen hätten. Betreffend seine
Meinung über die Erteilung des deutschen Sprachunterrichts in Volksschulen verweisen wir aber auf seine Aeußerungen in der Allg.
Schulztg. 1850, Nr. 8, Sp. 65.

Beim Geschichtsunterricht schien er dagegen mehr die Beförderung
der ethischen als der politischen Bildung in den Vordergrund zu stellen.
Außerdem bemerken wir noch, daß ihm für die tiefste Grundlage aller
menschenwürdigen Erziehung die Religion galt, und daß er bei öffentlichen Gelegenheiten, Redeacten, Festfeiern u. s. w., namentlich auch
bei den Ansprachen bei Beginn und Schluß eines Schulhalbjahrs an
die Schüler dieser Ueberzeugung Ausdruck zu geben nie verfehlt hat.

Als Director lag es ihm, obgleich seine Bildung keineswegs
eine einseitig sprachlich-historische war, eigentlich durchaus fern, der
individuellen Eigenart eines Lehrers oder seiner Methode hindernd in
den Weg zu treten. Eher hat er jedenfalls in dieser Hinsicht zu

wenig als zu viel gethan. Wie er überhaupt, wo nicht dünkelhafte Aufgeblasenheit oder offenbare Ueberhebung sich geltend machte, im Urteil über die Leistungen der Menschen eher zu milb, als zu streng war, so hatte er auch viel eher ein anerkennendes, als ein verur- teilendes Verdict über Lehrer wie Schüler, selbst wenn namentlich der letzteren Leistungen nach den Meinungen jüngerer Collegen oft recht mittelmäßig oder geradezu ungenügend erschienen. Seinen Schülern trug er überhaupt stets ein wolwollendes Herz entgegen, wie er auch ihrerseits hoher Achtung sich erfreute. Von directorialer Herrsch- sucht, wie sie heutiges Tags hier und da gefunden wird, oder von der Meinung, daß nur er in Folge seiner Stellung als Leiter der Anstalt das allein Richtige treffe, war bei ihm keine Spur vorhanden. Was bisweilen allerdings zwischen ihm, dem Mann gewissenhaftester Pünkt- lichkeit, und dem Collegium zu kleinen Divergenzen führte, war das manchmal vielleicht zu weit gehende Wertlegen auf Nebensachen und durch das Herkommen sanctionirte äußere Ordnungen, an denen er seiner ganzen Gemütsart gemäß oftmals mit einer Zähigkeit festhielt, die man nicht begreifen konnte. Was ihm aber in den Augen aller Collegen immer wieder die volle Achtung und Liebe erhielt, war die Fähigkeit zu vergeben und zu vergessen und es den nicht entgelten zu lassen, der ihn auch einmal beleidigt hatte. Darum fehlte ihm aber auch die Anerkennung von Seiten aller seiner Mitarbeiter nicht, als er endlich nach einer Wirksamkeit von mehr als 3 Jahrzehnten von der Schule schied. Es wurde ihm von dem Collegium im Decbr. 1867 zur Erinnerung an die Jahre gemeinsamen Wirkens ein größeres literarisches Werk zum Geschenk gemacht, worauf er alle Glieder desselben noch einmal zu einer fröhlichen Abendgesellschaft bei sich in seiner Wohnung versammelte, und das lange Zeit freundlich bestandene Verhältnis löste, ohne daß damit sein Interesse an ihnen oder der Schule erlosch.

Da Weigand aus wirklicher innerer Neigung dem Studium der Theologie sich gewidmet und die volle Berechtigung zur Erlangung eines geistlichen Amtes erworben hatte, so finden wir es geboten, hier auch noch über seine Stellung zu demselben und zur evang. Kirche und ihren Ordnungen etwas einzufügen. Und da kann unseres Wissens nichts anderes gesagt werden, als daß Hochachtung und Wertschätzung der letzteren und des geistlichen Berufs ihn bis zu seinem Lebensende nicht verlassen hat, sowie daß er dem positiven evang. Bekenntniß stets zugewandt war und blieb, wenn er dieß auch häufig nicht offen hervortreten ließ. Wenn eine von den Patronatsherrn seines Heimatorts, den

Freiherrn von Löw, mit denen er immer auf bestem Fuße stand, zu vergebende Pfarrei in den ersten Jahren seines Schulamts gerade erledigt gewesen wäre, so würde er sie mit Freuden angenommen haben, und als sich später, da er schon Dr. und Professor war, die Gelegenheit zur Erlangung einer solchen zweimal bot, war er eine Zeit lang in Zweifel, ob er nicht das Amt erwählen solle, das ihm von Jugend auf als vor allen begehrlich erschienen war. Sein zu tiefes Einlenken auf andere Bahnen ließ es nicht dazu kommen. Um dereinst ein Pfarramt erlangen zu können, hatte er es in den beiden ersten Jahrzehnten seines Reallehramts nicht versäumt, von Zeit zu Zeit in Gießen zu predigen oder in der Nähe wohnende Geistliche manchmal im Sonntagsgottesdienst zu vertreten. Um aber auch bei Austeilung des heil. Abendmals oder andern kirchlichen Handlungen nicht zurückstehen zu müssen, erklärte er im Jahre 1846 der kirchlichen Oberbehörde, es sei ein innerer Herzenswunsch von ihm, ordinirt zu werden, worauf Herr Superintendent Dr. Simon dazu den Auftrag erhielt, den er auch am Sonntag Exaudi (am 24. Mai des genannten Jahres) in der Stadtkirche zu Gießen nach vorausgegangener Predigt Weigands an demselben vollzog. Das Predigen hat er fortgesetzt, so viel wir wissen, bis ins Jahr 1858, aber auch nach dieser Zeit noch verschiedene Trauungen ihm befreundeter oder verwandter Paare vollzogen und fast noch bis in die letzte Zeit seines Lebens jährlich bei der Confirmation der Kinder am Pfingstfeste mit Freuden den Stadtgeistlichen assistirt. Mit besonderer Vorliebe trug er auch bis zu seiner Berufung zum ordentlichen Professor den in Hessen vorgeschriebenen geistlichen Amtsrock mit weißer Halsbinde und betrat bis zu seiner Ernennung zum ordinarius so gekleidet auch den Katheder, wie er anderseits mit Geistlichen, unter denen er ja so viele Freunde hatte, gern verkehrte und oft theologischen Conferenzen beiwohnte, in denen er auch mehrfach Vorträge, wie z. B. über Valentin Ickelsamer, Erasmus Alberus u. A. hielt. Sein Standpunkt war ein mild positiver, der aber stets mit aller Entschiedenheit seine Spitze gegen alles nihilistische, wie anderenteils gegen alles jesuitisch-pfäffische Wesen kehrte.

Wenn wir auf diese Weise sowohl Weigands pädagogische wie religiös-kirchliche Thätigkeit und Richtung kurz zu charakterisiren versucht haben, so muß übrigens gesagt werden, daß auf diesen Gebieten des verdienten Mannes vorwiegende Bedeutung keineswegs liegt, und wir wenden uns darum nun zu dem Felde seines Wirkens und

Schaffens, auf dem er Hervorragendes geleistet hat, was seinen Namen noch lange unter uns lebendig erhalten wird.

III. Der Germanist, akademische Lehrer und Lexicograph.

Haben wir seither bei der Darstellung von Weigands Lebenslauf bis zur Anstellung in Gießen auch schon von dessen germanistischen Studien und Bestrebungen gesprochen, so müssen diese bis dahin doch mehr als auf besonderer innerer Neigung beruhende Lieblingsbeschäftigungen bezeichnet werden, bei denen ihm selbst der Gedanke, sie einmal zum eigentlichen Lebensberuf zu machen, noch ganz in den Hintergrund trat. Erst seit der Uebersiedelung als Reallehrer nach Gießen betrat er mit Einsetzung aller seiner Kraft und nie wankender Beharrlichkeit die Wege, die ihn mit den eigentlichen Koryphäen der germanistischen Wissenschaft zuerst in nähere Verbindung brachten, ihn dann als wackern Mitarbeiter ihnen zur Seite stellten und zuletzt nach dem Ableben der Brüder Grimm auf e i n e m Gebiete wenigstens ihm einen sehr hervorragenden Rang eintrugen.

Der weitere äußere Verlauf seines Lebens von 1837 an bis zu seinem Tode ist aber im ganzen äußerst einfach. Im gewohnten Geleise geregelter Thätigkeit, durch erschütternde und niederdrückende Ereignisse in Haus und Familie oder sonstige schwere Heimsuchungen und Wechselfälle wenig oder gar nicht unterbrochen, zogen Jahre und Jahrzehnte — die politischen Stürme von 1848 bis 1850, des Jahres 1866, sowie die Ereignisse von 1870 bis 1871 abgerechnet — in stillem Frieden für ihn dahin bis an sein Ende. Für ein geräuschvolles Wirken auf dem Markte des Lebens gar nicht angelegt, aber glücklich, wie vielleicht wenige Menschen, bei seinem stillen, äußerlich nicht imponirenden Wirken von der engen, mit Büchern überfüllten Studirstube aus hat er ein deutsches Gelehrtenleben in einer Selbstlosigkeit geführt, um das man ihn beneiden könnte. Seine Ehe war nur mit einem Kinde, einer Tochter, M a t h i l d e mit Namen, geb. den 28. Febr. 1838, gesegnet, die seine Freude und sein Stolz war, und sich später, am 12. Octbr. 1865, mit dem jetzigen Gymnasial-Oberlehrer Dr. Flach in Wiesbaden verheiratete und ihm 3 Enkel schenkte, an deren Entwicklung er — der es mit Kindern so gern zu thun hatte — in seinen alten Tagen das herzlichste Interesse nahm. Im ganzen mit den Seinigen zurückgezogen lebend, stand er mit einer kleinen Anzahl Familien namentlich zur Winterzeit in regem geselligem Verkehr. Im Sommer dagegen liebte er sehr häufige Ausflüge in die schöne

Umgegend Gießens und nach nah gelegenen Vergnügungsorten, wobei ihm, der in Bezug auf Speise und Trank die mäßigsten Anforderungen stellte, eine heitere, harmlose Unterhaltung die Hauptsache war, zu der er durch eine große Fülle volksthümlicher Anecdoten, die er in seinem vortrefflichen Gedächtnis immer bereit hatte, selbst viel beitrug, und wobei er sich an dem Genuß der schönen Natur aufs herzlichste erfreute. Zum Nachteil für seine Gesundheit unterließ er diese Spaziergänge später seit seiner Beteiligung am Grimm'schen Wörterbuch mehr und mehr, bis sie in den letzten Jahren ganz aufhörten. Die Ferien benutzte er öfters zu kleinen Reisen in die Wetterau und in benachbarte Städte, um Jugendfreunde und Verwandte zu besuchen oder wissenschaftliche Zwecke zu verfolgen, und erst in den letzten Jahrzehnten seines Lebens führten ihn dieselben weiter über die Grenzen seiner engern hessischen Heimat hinaus, der er als ein wahrer home-bred man im guten Sinn mit allen Fasern seines Herzens ergeben war. So blieb ihm bei allmählich auch günstig sich gestaltenden äußeren Verhältnissen — er bezog in den letzten Jahren seines Lebens einen Gehalt von 4514 Mark — auch mehr Zeit zu tief eingreifenden wissenschaftlichen Studien und literarischer Beschäftigung als Andern, die in gleicher Lage von Familiensorgen oder den Dingen der Außenwelt mehr gefesselt werden.

Unter seinen größeren schriftstellerischen Arbeiten, die bald nach seiner Uebersiedelung nach Gießen von ihm im Druck erschienen, müssen wir neben seinen fortlaufenden Beiträgen für die „Allg. Schulzeitung", die alle den Stempel großer Gründlichkeit und sichern Wissens und fast alle seine Namensunterschrift tragen, zuerst seine Kurze deutsche Sprachlehre für Real-, Bürger- und Volksschulen und als Grundriß für niedere und mittlere Gymnasialklassen, Mainz bei Florian Kupferberg 1838, in Erwähnung bringen. Sie ist Herrn „Friedrich Schmitthenner, seinem teuren Lehrer gewidmet" und trägt noch deutlich die Spuren des Einflusses dieses Mannes, mit dem er die früheren freundschaftlichen Beziehungen seit seiner Anstellung in Gießen aufs lebhafteste fortsetzte. Weigands Standpunkt bei Ausarbeitung dieses Leitfadens, der übrigens schon die gründliche Art seines Verfassers genau erkennen läßt, war, wie er in der Vorrede sagt, der schon von dem trefflichen Fulda vor Abelung vorgeahnte historische Jacob Grimms, Graffs und der ihnen gleichgesinnten Freunde, ohne jedoch die geeignete Rücksicht auf Herling, Becker (mit welchem er auch persönlich bekannt war) und Götzinger vermiffen zu laffen, alfo noch wefentlich der hiftorifch=philofophifche Schmitthenners, welchen letzteren er felbft in einer Recenfion aus damaliger Zeit noch unter „den großen Sprachforfchern der Gegenwart" aufzählt. In der Allg. Schulzeitung von 1838, Nr. 8 fällte der Letztere felbft ein anerkennendes Urteil über das Buch, und außerdem auch Diefterweg (Rhein. Blätter 1842, S. 329 f.) u. A. Ob diefe Weigand'fche Grammatik große Verbreitung gefunden hat, ift uns nicht bekannt geworden. In der Hand eines denkenden und forfchenden Lehrers ließ fie fich gewis mit gutem Erfolge brauchen, namentlich auch, weil fie auf die Volksmundarten Rückficht nahm und auch die fynonymifchen Unterfcheidungen mit heranzog. Doch fcheint die Herausgabe diefes Büchleins auch einen Wendepunkt in feiner Entwicklung zu bilden, denn von diefer Zeit an beginnt offenbar erft das tiefere, eingehendere und umfaffendere Studium der Werke Jacob Grimms, vor allem feiner deutfchen Grammatik, welche, „unfterbliche Schöpfung" er von da an zu loben nicht müde wird, fowie der Schriften Wilhelm Grimms, Schmellers, Graffs, Benedes, W. Wackernagels, Maßmanns, Lachmanns u. A., die feine völlige Hinwendung zur hiftorifchen Schule der Sprachforfchung entfchieden. Zunächft wurde er durch die immer mehr in die Tiefe gehenden Vorftudien zu feinem fchon in Michelftadt vorbereiteten Wörterbuch der deutfchen Synonymen auf diefe Bahn hingewiefen. Bei feiner Sammlung finnverwandter deutfcher Wörter und feinen Verfuchen, die Begriffsunterfchiede derfelben ficher und zuverläßig feftzuftellen, feiner Lieblingsbefchäftigung fchon feit einer Reihe von Jahren, wie wir gefehen haben, konnte ihm ja, wenn er die Leiftungen der auf demfelben Gebiete fich bewegenden Männer von Franz Lambert (1487 bis 1530), Erasmus Alberus (1540), Jakob Schöpper (1550), Leonhard Schwarzenbach (1560) an bis auf Prof. Joh. Aug. Eberhard in Halle (den Verf. des „Verfuchs einer allgem. deutfchen Synonymik" in 6 Bänd., Halle 1795 bis 1802) und feine Fortfetzer Joh. Gebh. Ehrenreich Maaß (1818 bis 1820) und J. G. Gruber (1826 bis 1830), ferner die Schriften anderer Zeitgenoffen derfelben, wie Heynatz, Delbrück, Löwe und Jahn prüfte, nicht entgehen, daß alle diefe Werke wefentliche Mängel und Schwächen boten, weil fie die Beftimmung der Bedeutungen und Verfchiedenheiten der Synonyme von philofophifchem Standpunkte aus, oft recht gekünftelt nnd weitfchweifig, und nicht aus der hiftorifchen Urform der Wörter und ihrer Gefchichte, was zu ihrer Zeit freilich auch noch gar nicht möglich war, zu treffen sich bestrebten, wodurch doch allein das rechte Licht über den allmählich sich feststellenden Gebrauch im Nhd. zu gewinnen ist. Und als ihm nun selbst dieses Licht an der Hand der großartigen Forschungen und durch den genialen Tiefblick eines Jacob Grimm in die Vergangenheit unserer Sprache aufgegangen war; und als er aus den Schriften ihm verwandter und auf seinen Spuren einhergehender Geister, aus einer reichen Fülle damals erst veröffentlichter Documente der älteren Sprache und der aufblühenden Dialectforschung, wie sie in dem unsterblichen „Bayerischen Wörterbuch" Schmellers geübt war, selbst gründlicher in die historische Sprachentwicklung sich vertieft hatte, da wurde es ihm unwiderleglich klar, daß von diesem historisch=ethmologischen Standpunkte aus nicht nur das Feld der Synonymik von neuem angebaut werden müsse, sondern daß auch aus dieser Quelle ein tieferes Verständniß des Sprach= geistes der Gegenwart überhaupt, aber ebenso auch anderer Seiten deutschen Culturlebens allein zuverlässig gewonnen werden könne. Und so wurde Weigand — der Autodidakt par excellence — ein Germanist und blieb es mit der vollen Hingabe seines Herzens sein Leben lang. Nun galt es, auf diese historisch=sprachliche Forschung gestützt, für das erwählte Gebiet neue Bahnen zu brechen — denn an Vorarbeiten fehlte es vollständig — und die reichen Ergebnisse der neubegründeten deutschen Philologie zu verwerten. In seinem „Wörterbuch der deutschen Synonymen", dessen Erster Band, A bis G um= fassend, in Druck und Verlag von Florian Kupferberg, Mainz 1840 erschien, dem dann in Folge des Anschwellens des Materials im Laufe der Arbeit der zweite H bis R 1842 und noch ein dritter Supplementband S bis Z mit Registern und Nachträgen folgte (Mainz 1843), hat Weigand diese Aufgabe in einer Weise gelöst, welche alsbald die Aufmerksamkeit der Meister des Fachs in der leb= haftesten Weise auf ihn hinlenkte. Bei seiner jederzeit mit großem Eifer betriebenen Lectüre älterer wie neuerer Schriftsteller, nament= lich beim Studium der Werke Klopstocks, Lessings, Wielands, Herders, Göthes, Schillers, Bürgers, Voß' und anderer hatte er schon lange sein Augenmerk darauf gerichtet, für den bei ihnen sich findenden Gebrauch synonymer Wörter passende Belegstellen zu notiren, aber ebenso auch zahlreiche ältere Schriftsteller, insbesondere Luther, ja selbst ungedruckte handschriftliche Documente zu diesem Zwecke auszubeuten und für die Unterscheidung der Bedeutungen zu= letzt auf altdeutsche Beispiele zurückzugehen und darauf seine etymo=

logischen Begründungen zu stützen, bei denen die vorsichtig herbei=
gezogene Sprachvergleichung auch manches Licht bot. Auf diese Weise
bahnte er, die Philosophie mit ihren vielfach schwankenden, selbstge=
schaffenen und häufig sich widersprechenden Begriffsbestimmungen fast
ganz bei Seite lassend und den nhd. Sprachgebrauch auf historischem
Grunde darlegend, bei aller Berücksichtigung der älteren wie neueren
Leistungen seiner Vorgänger doch eine ganz neue Art der Behandlung
dieses Gebiets an und lieferte, indem er auch den Vor= und Nach=
sylben sowie den Partikeln bei den synonymischen Unterscheidungen
Rechnung trug, ein Werk, das an innerer, wie äußerer Vollständigkeit
— es zählte über 900 Artikel mehr denn Eberhard=Maaß — alles
früher Geleistete übertraf und gleichzeitigen lateinischen, englischen,
holländischen, italienischen und französischen Werken über Synonymik
sich würdig an die Seite stellen konnte. Das dem Geh. Staatsrat,
Kanzler der Universität Gießen und Director des Oberstudienrats zu
Darmstadt, Dr. Just. Tim. Balth. Linde gewidmete Werk war ganz
und gar im Sinn der neuerstandenen germanistischen Wissenschaft
verfaßt und erregte darum, wegen der Gediegenheit und Zuver=
lässigkeit der sprachlichen Grundlage, wie des Fleißes und der Sorg=
falt der Ausführung, die in den beiden letzten Bänden noch augen=
fälliger hervortritt, auch Jac. Grimms Aufmerksamkeit der in einem
Brief vom 25. Jan. 1844 zur „tapferen Beendigung" desselben
herzlich Glück wünschte.

In dieser Zeit d. h. vor und während des Erscheinens dieses
seines größern Erstlingswerks*), beginnt aber auch Weigands literarische
Thätigkeit nach einer andern Seite hin und die Anknüpfung brieflicher
Verbindung mit einer Anzahl hervorragender Forscher sowie das Be=
kanntwerden seines Namens in weiteren Kreisen. So lieferte er vom

---

*) 1852 erlebte dieses „Meisterwerk Weigands, einzig in seiner Art" eine neue
Ausgabe mit Verbesserungen und neuen Artikeln in 3 Bdn. Von den uns bekannt
gewordenen durchgängig höchst anerkennenden öffentlichen Urteilen über dasselbe er=
wähnen wir hier nur, weil weiter darauf einzugehen der Raum verbietet, ein solches
von Dr. Mönnich in Menzels Lit. Blatt 1840 Nr. 9, von Dr. Mager in der
pädagog. Revue Juliheft 1840 und Jahrg. 1845, S. 351—355, von Dr. Schmitt=
henner in Jahns Jahrbüchern für Philologie und Pädagogik, 1841, S. 275—288,
von Dr. Lange, ebenda 1841, S. 203—210, von Dr. Lorenz Diefenbach,
Hall. Lit. Ztg., Ergänzungsblatt 1842, S. 133—136, von Diesterweg in den
rhein. Blättern 1842, S. 254—255, von Prof. Ph. Dieffenbach in der Darm=
städter Zeitung.

Jahre 1839 an in Folge neu hergestellter Beziehungen zu dem oben genannten Prof. Philipp Dieffenbach, damals auch Redacteur des Oberhessischen Intelligenzblatts in Friedberg, mit dem er von da an fast bis zu dessen Tode (1860) im regsten und freundschaftlichsten Briefwechsel blieb, eine Reihe zum Teil sehr wertvoller Beiträge zu diesem Localblatt, aus denen nicht nur seine gründliche Sprachkenntnis, sondern auch seine Vorliebe für Localgeschichte und seine genaue Vertrautheit mit heimischer Art und. Sitte glänzend hervorleuchtet. In diesem Organ wurden außer den von ihm gesammelten Volkssagen (s. die Beilage) auch mehrere seiner Dichtungen im wetterauischen Dialekt zuerst veröffentlicht, die ihn als echten Kenner des oberhessischen Volks charakterisiren, dessen Denk-, Gefühls- und Sprachweise er darum auch so treu und plastisch darzustellen verstanden hat. „D's Ammiche' mei(n) Schätzi", auf das auch eine bekannte und beliebte Volksmelodie übertragen wurde, „b's Männche uff'm Ast" u. a. sind, wie uns versichert worden ist, noch jetzt in der Wetterau gekannte und gesungene Lieder.

Unterm 8. Jan. 1840 ernannte ihn der Wetzlar'sche Verein für Geschichts- und Alterthumskunde zu seinem correspondirenden und am 15. Decbr 1841 die Berlinische Gesellschaft für deutsche Sprache zu ihrem außerordentlichen Mitglied.

Um diese Zeit beginnt aber auch zuerst Weigands Briefwechsel sowol mit den Brüdern Grimm als mit Andreas Schmeller anderseits, der bald zu einem aufrichtigen Freundschaftsverhältnis mit ihnen führte, welches nur mit dem Tode derselben seine Endschaft erreicht hat.

Im Jahre 1837 hatte Weigand die Entlassung der beiden Brüder Grimm aus ihrem Docentenamte in Göttingen aufs höchste bedauert. 1838 reifte bei denselben während ihres Aufenthalts in Kassel bekanntlich der Plan zur Herausgabe eines groß angelegten deutschen Wörterbuchs, wie es noch in keiner Sprache damals vorhanden war. Dieses Unternehmen rückte seiner Verwirklichung näher, als zwischen den beiden Brüdern und dem Buchhändler K. Reimer ein auf das Wörterbuch bezüglicher Vertrag abgeschlossen wurde, der die Thätigkeit der trefflichen Männer nach einer großen Reihe anderer hochverdienstlicher bahnbrechender Werke von da an auf das lexicographische Gebiet lenkte, aber auch alsbald die Mitarbeit vieler Gleichgesinnten dafür wachrief. Zu den ersten Männern, die in der selbstlosesten Weise gleich von Anfang an zu diesem Nationalwerk Beiträge lieferten, gehört Weiganb. Denn schon in einem vom März 1840 von Kassel aus datirten Brief dankt Jacob Grimm (er siedelte bekanntlich erst 1841 mit seinem Bruder nach Berlin über) Weiganb für seine reichen und umfassenden Auszüge aus dem seltenen Wörterbuch von Alberus und aus seinen mundartlichen Sammlungen und lobt sie als höchst fleißige Arbeit.

Um dieselbe Zeit wurde aber auch die alte Jugendfreundschaft mit dem verdienstvollen Linguisten Dr. Lorenz Diefenbach *), der, nach Niederlegung seiner Ämter als Pfarrer und Bibliothecar in Laubach im Jahre 1842, damals an verschiedenen Orten (Heidelberg, Offenbach, Bockenheim u. s. w.) privatisirte, wieder erneuert, und mit ihm ist Weigand auch von da an in brieflichem wie persönlichem Verkehr geblieben fast bis zu seinem Tode. Es ist ein gar ansprechendes Verhältnis zwischen den beiden Männern, deren politische und religiöse Anschauungen sonst wol vielfach auseinander gegangen sein mögen, das aus dem uns vorliegenden Briefwechsel zwischen beiden uns entgegenleuchtet. Gemeinsame Liebe zum deutschen Vaterlande und seiner reichen gedankentiefen Sprache verbindet Beide, wenn Diefenbach daneben auch mehr die celtischen, romanischen und slawischen Sprachen in den Bereich seiner Studien zieht. In der selbstlosesten Weise berichten sie einander über ihre Studien, tauschen ihre schriftstellerischen Arbeiten aus, stellen Anfragen über sprachliche Gegenstände an einander, teilen Neuentdecktes einander mit und verwenden es auf ihren verschiedenen Arbeitsgebieten, wie sie sich anderseits stets die freundschaftlichsten Mitteilungen über ihr gegenseitiges Ergehen machen. Reiche Beiträge lieferte der Wetterauer Landsmann seinem Jugendgenossen namentlich auch zu seinem „Wetterauischen Wörterbuch" nach Art des Schmeller'schen, für das Weiganb selbst fortwährend aus dem Volksmund, wie aus alten Urkunden und Vocabularien (dem Teuthonista von

---

*) Von seinen vielen und verschiedenartigen Schriften erwähnen wir hier nur seine : Celtica (Stuttg. 1839, 2 Bde), sein Vergleichendes Wörterbuch der goth. Sprache, Frankf. a. M. 1846—51, 3 Bde, sein : Glossarium latino-germanicum mediae et infimae aetatis, Francof. a. M. 1857 und sein Novum glossarium u. s. w., ebenda 1867. Er war Mitglied des Vorparlaments und der Nationalversammlung zu Frankfurt a. M. 1848 und wurde 1861 in Anerkennung seiner wissenschaftl. Verdienste zum Mitglied der Kgl. Academie der Wissenschaften in Berlin ernannt. Bei seinem Namen ersparte er sich vernünftigerweise das eine „f", wie Jacob Grimm sagt.

1475 unb vocabularius ex quo von 1469) fleißig fammelte unb aus=
jog unb auch von bes Ersteren Vetter, Prof. Philipp Dieffenbach in
Friedberg, lebhafte Unterstützung empfing. War biefer freundschaftliche
Austausch auch für beide Teile förderlich, so ist boch wol bie etwas
nähere Bekanntschaft Weiganbs mit ben slawischen Sprachen vornämlich
auf biese Verbinbung mit Lorenz Diefenbach zurückzuführen, ber ein
im Jahre 1846 nach einer Hanbschrift von 1470 herausgegebnes
„Mittellateinisch-hochdeutsch-böhmisches Wörterbuch" seinen lieben
Freunben Dr. C. Regel in Gotha unb Dr. F. L. K. Weiganb in Gießen
wibmet. In bem Vorwort bazu S. VI finbet sich bie Stelle :
„Gerade für die Übergangsperiode des Mittelhochdeutschen in
das Neuhochdeutsche, an deren Beginne die Wortformen unseres
Wörterbuchs stehen, ist noch am wenigsten geschehen; das
Meiste meines Wissens durch Weigand in seinem klassischen
Synonymenwörterbuch."

In ben Sommerferien 1845 machte Weiganb aber auch bie
nähere Bekanntschaft eines in vieler Beziehung anbers gearteten
Mannes, nämlich A. F. C. Vilmars in Marburg, ber schon 1843
seinen später als Stubent ber Philologie nach Gießen übersiebelnben
Schüler W. Crecelius (jetzt Prof. in Elberfelb) an Weiganb em=
pfohlen hatte unb von Letzterem aufs freunblichste aufgenommen
worben war. Weiganb verlebte zu jener Zeit zwei heitere Tage bei
Vilmar, über bie er an L. Diefenbach schreibt : „Ich habe an ihm
einen recht lieben, freunblichen Mann gefunben, unb viele schöne, sehr
seltene ältere Werke bei ihm gesehen. Er arbeitet mit seiner gebiegenen
deutsch-philologischen Kenntnis an einem hessischen (kurhessischen)
Wörterbuch, welches aber Hanau nicht mit einschließen wirb." Aus
biefer Zeit stammen ferner seine näheren Beziehungen zu Prof. Abel=
bert von Keller in Tübingen, ber ihm bas von ihm heraus=
gegebne „Des von Wirtemberk puech, 1845" übersenbet, sowie zu
Franz Pfeiffer (1846 Bibliothecar in Stuttgart, seit 1857 Prof.
in Wien), ber bamals „bie beutschen Mystiker bes 14. Jahrh. heraus=
gab unb babei von Weiganb freunblichst unterstützt wurbe (vgl. My=
stiker II, p. XIII) unb besonbers auch zu Joh. Franz Roth,
bem verbienten Herausgeber ber Werke Konrabs von Würzburg (seit
1858 Dr. phil. honoris causa, zuletzt am Stabtarchiv in Frankfurt
a. M. beschäftigt, † 1869), mit bem er schon 1843 persönlich bekannt
geworben war unb bis zu seinem Enbe aufs intimste verbunben blieb,
was wol auch in ber Ähnlichkeit bes beiberseitigen Entwicklungsgangs

— Roth besuchte 1828—30 ebenfalls das Schullehrerseminar in Friedberg — mit begründet ist.

Im Herbste 1845 ist es aber auch, wo Weigand gelegentlich der
unter dem Vice-Präsidium des damaligen Gymnasiallehrers (späteren
Oberstudienrats) Dr. K. Wagner tagenden Philologenversammlung
in Darmstadt, vom 1.—4. Oct., zum ersten Mal in einen größeren
Kreis wissenschaftlicher Fachgenossen eintritt und die persönliche Bekanntschaft Vieler macht. Wir nennen unter ihnen, neben Karl Ferd. Becker
von Offenbach und H. Hattemer von Biel, die er da traf, vor allem
Karl Lachmann von Berlin und Moriz Haupt, seit 1843
ordentlicher Professor der deutschen Sprache und Literatur in Leipzig.
Eine Folge der mit Letzterem hier angeknüpften persönlichen Bekanntschaft ist die von da an beginnende Mitarbeit Weigands an der von
Haupt seit 1841 gegründeten gehaltvollen „Zeitschrift für deutsches Alterthum", die jetzt unter Mitwirkung von K. Müllenhoff
und Scherer von Elias Steinmeyer in Erlangen herausgegeben wird.
Bezüglich der Beiträge zu diesem wissenschaftlichen Organ verweisen
wir auf die Beilage und erwähnen nur, daß unter Weigands Mitteilungen aus von ihm entdeckten Manuscripten älterer Dichtungen
wie Prosaschriften die Bruchstücke einer bis dahin unbekannten Nibelungenhandschrift sowie eine mitteldeutsche Evangelienharmonie in den
Kreisen der Germanisten besonders Aufsehen erregten.

Überhaupt ist die wissenschaftliche Rührigkeit, die Frische und
Freudigkeit literarischen Schaffens, die Weigand neben seinem viel in
Anspruch nehmenden Schulamt gerade in diesen Jahren entfaltet, da
es fast auf allen Gebieten des öffentlichen Lebens zu gähren anfängt und
die Vorboten der großen Ereignisse des Jahres 1848 schon sich zeigen,
wahrhaft staunenswert. Die Vertiefung in die sämmtlichen altdeutschen
Dialecte und der aus ihnen hervorgegangenen modernen Sprachen an
der Hand der Grimm'schen Grammatik wird von ihm aufs eifrigste
fortgesetzt. Aber auch eine große Menge anderer germanistischer oder
verwandter Werke studiert er, wir nennen z. B. Graffs Diutiska,
Hoffmann's horae belgicae und Sumerlaten, und besonders die
Grammatik der romanischen Sprachen von Friedrich Diez in
Bonn, der als geborner Gießener seine Herbstferien regelmäßig in
seiner Vaterstadt verbrachte und mit Weigand, der ihm schon früher
persönlich nahe getreten war, dann immer sehr gern und viel verkehrte. — Von welchem maßgebenden Einfluß aber in damaliger Zeit
Jacob Grimm auf ihn wurde, geht wol aus der Anwendung der

lateinischen Minuskel-Buchstaben hervor, deren er sich nach Jenes
Vorgang von dem Jahre 1843 an bis zu seinem Tode im schriftlichen
Verkehr mit seinen Fachgenossen und Freunden statt der von ihm
bis dahin gebrauchten deutschen Currentschrift stets bedient. Mit be=
sonderem Eifer wendet er sich um diese Zeit aber auch dem Studium
der altdeutschen handschriftlichen Schätze der Universitätsbibliothek in
Gießen zu *), schreibt Weistümer ab und sendet sie Jacob Grimm,
zugleich mit seinen Aufzeichnungen über Wetterauer Aberglauben, da=
mit dieser sie beliebig bei seiner „deutschen Mythologie" verwende, macht
die spannendsten Mittheilungen über Wetterauer Localverhältnisse im
Oberhessischen Intelligenzblatt, erklärt darin Wetterauer Ausdrücke und
Judenwörter, recensirt in der „Allg. Schulzeitung" und schreibt für
die 14. Auflage von Schlez Denkfreund seine „Kleine deutsche Sprach=
und Styllehre", Gießen, Heyer 1844. Und mitten unter all diesen
Studien und Arbeiten faßt er schon damals den Plan, ein eignes
kleines, etwa 20—26 Bogen fassendes deutsches Wörterbuch heraus=
zugeben, worüber Schmeller sowohl als Jacob Grimm sich durchaus
zustimmend aussprechen und wofür er besonders im Sommer 1846,
als seine Frau und Tochter längere Zeit, von Hause abwesend, in
Nürnberg sich aufhalten, aufs eifrigste zu sammeln und zu excerpiren be=
ginnt. — Daneben lassen ihn aber auch die Zeiterscheinungen keines=
wegs gleichgiltig. Die deutsch=katholische Bewegung, durch das Auf=
treten Joh. Ronge's gegen Erzbischof Arnoldi von Trier angeregt,
interessirt ihn aufs lebhafteste. „Die deutsch=katholische Sache",
schreibt er unterm 1. Juni 1845 an seinen Freund Diefenbach, der
sich ihr ganz in die Arme geworfen hatte, „ist eine echt deutsche Be=
wegung. Gott gebe ihr fröhliches Gedeihen! Welches Heil unserm
lieben Vaterlande, wenn einmal die unwürdigen, unpatriotischen ultra=
montanen Fesseln gebrochen sind!" Wie gar manche der besten deutschen
Männer übersah er wol anfangs die Schwächen dieses wie eine neue
Reformation sich anlassenden Kirchensturms, aber als ein durch gründ=
liches Bibelstudium in seinen Überzeugungen gefestigter evang. Christ
fand er bald die richtige Stellung zu demselben wieder und blieb von
da an einer Billigung dieser mehr und mehr dem kirchlichen Radica=

---

*) Die Ausgabe von Salomonis hûs in Abrians Mitteilungen aus Hand=
schriften und seltenen Druckwerken, Frankfurt a. M. 1846, S. 417—455, ist wesent=
lich Weigand zu danken.

lismus verfallenden Reformbestrebung eben so fern, als der Approbation eines Standpunktes, wie ihn ein Hengstenberg vertrat.

Was er zu Anfang des Jahres 1846 mit großer Freude begrüßte, war der von Männern wie Jacob Grimm, E. M. Arndt, Beseler, Dahlmann, Lachmann, Haupt, Gervinus, Ranke, Pertz, Mittermaier u. A. um diese Zeit erlassene Aufruf zur Abhaltung einer großen Versammlung von wissenschaftlichen Vertretern deutschen Rechts, deutscher Geschichte und Sprache zu dem Zwecke, um durch gegenseitige Verständigung größere Einheit und Entschiedenheit in die damals so lebhaft hervortretenden deutsch=nationalen Bestrebungen zu bringen. Dieses Manifest fand bekanntlich im ganzen deutschen Vaterland, in dem das Vereinswesen damals so mächtigen Aufschwung nahm, freudigen Widerhall und führte zur ersten großen Germanisten = Versammlung zu Frankfurt a. M. vom 24—26. Sept. 1846 im Kaisersaale des Römers, zu der 160 Mitglieder (Sprachforscher, Juristen und Historiker) sich einfanden von denen auf Vorschlag Ludwig Uhlands der Altmeister Jacob Grimm mit einstimmigem jubelnden Zuruf zum Präsidenten erkoren wurde. Schon lange vorher hatte Weigand sich darauf gefreut, dabei an den Verhandlungen der sprachlichen Section, für die Andreas Schmeller zum Vorsitzenden erwählt wurde, teilnehmen zu können. Zu seinem größten Bedauern aber, dem er in zwei Briefen an seinen Freund Roth rührenden Ausdruck gibt, wurde er durch eine Gesichtsrose in Folge einer Erkältung, die ihn befiel und an der er auch 1842 schon 5 Wochen lang gelitten hatte, am Erscheinen gehindert, und so blieb es ihm für immer versagt, außer Andern auch Schmeller, den von ihm aufs höchste verehrten damals 61jährigen Mann, persönlich kennen zu lernen, der ihm in einem Brief vom 22. März desselben Jahres als ein „befreundeter Forscher" für das helle Licht gedankt hatte, das ihm Weigand über einige Worte aufgesteckt habe, dessen synonymisches Wörterbuch er darin zugleich eine „ausgezeichnete Leistung" nannte, durch die derselbe ganz anders ins praktische Leben eingreife als er selbst. — Aber auch dem im folgenden Jahr zu Lübeck sich wiederholenden Germanisten = Congreß beizuwohnen, war Weigand aus andern Gründen nicht vergönnt. Beide Versammlungen, die damals noch neben denjenigen der Philologen und Schulmänner getrennt hergingen und in denen außer andern nationalen Forderungen auch die Parole: deutsches Recht für das deutsche Volk in deutscher Sprache! ausgegeben wurde, sind bekanntlich ein vielverheißender Versuch gewesen, alle für eigenthümlich deutsche Art und Lebensgestaltung thätigen Kräfte zusammenzufassen, der nur durch die Revolution des Jahres 1848 eine vorübergehende Störung erlitt.

Emsig auf dem nun betretenen Wege sprachhistorischer Forschung fortschreitend zeigt sich uns Weigand im Jahr 1847. Mit scharfem Auge ist er nicht nur auf alle literarischen Erscheinungen aufmerksam, die auf dem germanistischen Gebiete hervortreten, sondern er durchforscht auch selbst in den Herbstferien des genannten Jahres verschiedene wetterauische Bibliotheken (zu Ziegenberg, Assenheim, Höchst a. b. Nidder, Büdingen, Ilbenstadt, Lich, Friedberg) nach alten Handschriften, wobei es ihm gelingt, manche schätzbare Ausbeute zu gewinnen. Aber erfreulich und anspornend ist ihm auch die Freundschaft und Anerkennung, welche die ersten Meister des Fachs, Schmeller (in Briefen vom 21. Feb. und 11. Sept. 1847) und die Brüder Jacob und Wilhelm Grimm ihm fortwährend zollen, von denen der erstere ihm seine Vorlesungen über Jornandes und die Geten und über Diphthonge nach weggefallenen Consonanten, der letztere ihm von Teplitz aus seinen trefflichen „Athis und Prophilias" zum Geschenk machte. Und so sehr ist er von diesen Studien gefesselt, daß selbst das sturmbewegte Jahr 1848, das, einer gewaltigen Windsbraut gleich, die seit 1815 bestehenden kirchlich-politischen Zustände mit einem Mal über den Haufen zu werfen drohte und ohne alle Anknüpfung an das bis dahin zu Recht Bestehende ein neues Weltalter herbeizuführen schien, ihn nicht wesentlich aus den Bahnen gewohnter Thätigkeit herauswarf. Wol fühlte ja auch er sich gedrungen, in diesem Chaos entfesselter Kräfte, in dem jeder sein Vaterland liebende Mann eine bestimmte Stellung nehmen muste, einem politischen Verein sich anzuschließen, und er that es aus voller Herzensüberzeugung. Dem tiefen Grundzug seines Wesens folgend stand er auf conservativer Seite und scheute sich nicht, unverholen gegen Rebellion und Umsturz sich auszusprechen, so daß er sogar bei den Gegenparteien eine Zeit lang im Verdacht war, ein politisches Flugblatt gegen dieselben verfaßt zu haben, was ihm manches Übelwollen zuzog. Aber im ganzen war er doch zu viel Gelehrter und bei aller genauen Kenntnis realer Verhältnisse und der Bedürfnisse des Volks zu wenig Mann der That, auch zu wenig redegewandt, als daß er, auch wenn er es erstrebt, eine Rolle hätte spielen können.

Der Zusammentritt des ersten deutschen Parlaments in Frankfurt a. M. führte, wie bekannt, auch Jacob Grimm dahin als Mit-

glieb bieser mit so überschwenglichen Hoffnungen begrüßten Versammlung. Die baburch bebingte längere Anwesenheit bes verehrten Mannes
in ber altehrwürbigen Krönungsstabt ber beutschen Kaiser veranlaßte
auch Weiganb am 2. Juni 1848 bahin aufzubrechen, um ben von
Angesicht zu Angesicht persönlich kennen zu lernen, bessen Werke ihn
so gewaltig gefesselt unb seinem Denken unb Forschen seither bie Richtung gegeben hatten unb bem gegenüber seinerseits bas Dante'sche :
Tu duca, tu signore, tu maestro (Inferno II, 140) so sehr am Platze
war. Er wurbe von bem genialen Mann, ber bamals seine „Geschichte
ber beutschen Sprache" beinah vollenbet hatte, in seiner Privatwohnung
aufs herzlichste unb freunblichste empfangen, in manche seiner Pläne
näher eingeweiht unb baburch noch mehr an seine Person gefesselt als
es seither burch ben brieflichen Verkehr mit ihm schon ber Fall gewesen war. Zu erhöhtem freubigen Streben angeregt kehrte er nach
Gießen zurück unb warf sich mit besonberem Eifer auf bas Stubium
bes genannten Grimm'schen Buches, burch bas er wol auch besonbers
auf ben Gebanken geführt wurbe, zunächst bie Fluß-, Berg- unb Ortsnamen ber Provinz Oberhessen einer genaueren etymologischen Untersuchung zu unterziehen, ein Vorhaben, in bem Prof. Dieffenbach in
Friedberg, ber ihm früher schon seine Wetterauer Jbiotismen-Samm-
lung zur Verfügung gestellt hatte, ihn sehr bestärkte.

Über biesen Plänen war bas Jahr 1849 herbeigekommen, bas
einen bebeutsamen Abschnitt in Weiganbs Leben bilbet. Schon länger
hatte ihn sein Freunb, Prof. Schmitthenner, mit bem er fortwährenb
in vertrauterem Verkehr gestanben, bazu zu bestimmen gesucht, für bas
germanistische Fach, mit Beibehaltung seiner Lehrerstellung an ber
Realschule, als academischer Docent aufzutreten. Allzu große Be-
scheibenheit hatte ihn lange zu keinem Entschluß kommen lassen. Da
enblich ermannte er sich, aufgemuntert burch bas Zureben auch an-
berer befreunbeter Männer, insbesonbere ber ihm nahestehenben Professoren Dr. Crebner, Dr. Knobel unb Dr. Karl Heyer, unterm 12. Feb.
1849 an bie philosophische Facultät ber Ludoviciana bas Gesuch zu
richten, baß ihm bieselbe bie Erlaubnis zur Abhaltung von Vorlesungen
im Bereich ber beutschen Sprachwissenschaft unb Literatur, ba leztere
von ber ersten sich nicht trennen lasse, erteilen möge, womit er bie
gleichzeitige Bitte verbanb, in Rücksicht auf seine bereits vorliegenben
wissenschaftlichen Leistungen von einem Examen unb öffentlicher Disputation pro venia legendi abzusehen. Er betonte babei, baß außer
einer etwa 6 Jahre vorher von Herrn Prof. Schmitthenner gehaltenen

Vorlesung über deutsche Grammatik und ausgewählte altdeutsche Ge=
dichte, die deutsche Sprachwissenschaft, mit der er sich schon seit
einer langen Reihe von Jahren beschäftigt habe, bis dahin ganz un=
vertreten gewesen sei.

Die Facultät, die das Bedürfnis der Betreibung deutscher Sprach=
studien, die anderwärts bereits mit so großem Erfolg gepflegt wurden,
an der Hochschule vollkommen anerkannte, ging auf Weigands Anerbieten
als ein sehr willkommnes mit Freuden ein und pflichtete dem Votum
ihres Referenten bei, „daß Petent zu den gründlichsten der jetzt lebenden
Sprachforscher gehöre, dessen synonymischem Handwörterbuch in 3 Bdn
kein anderes Werk über den Gegenstand an Reichthum und an Kritik
auch nur entfernt gleichstehe." Gern befürwortete sie darum auch,
weil derselbe schon ein in Jahren vorgerückter und seit längerer Zeit
im öffentlichen Dienst stehender Mann sei, die von ihm nachgesuchte
Dispensation von der Erfüllung der gesetzlichen Erfordernisse bei der
Habilitation, und so wurde ihm dann, mit Zustimmung des Großh.
Ministeriums, unterm 11. April 1849 (gerade in den Tagen, da
Friedrich Wilhelm IV die Wahl vom 28. März 1849 zum Erbkaiser
der Deutschen wiederholt und feierlichst ablehnte), die venia legendi
und die Aufnahme unter die Privatdocenten der Universität erteilt. Wir
bemerken dabei noch, daß während der Verhandlungen des ganzen
academischen Senats über die Angelegenheit einer der Professoren
(Dr. Crebner) in Anbetracht der ausgezeichneten Leistungen des Bitt=
stellers die alsbaldige Verleihung einer außerordentlichen Professur
an denselben beantragte, worauf der academische Senat nur aus for=
mellen Gründen nicht einging.

So eröffnete denn Weigand, der selbst nie irgend eine germa=
nistische Vorlesung gehört hatte, am 2. Mai 1849 seine Thätigkeit als
academischer Docent. Die Zeit dazu hätte nicht ungünstiger gewählt
werden können. In Folge der Ablehnung der Kaiserkrone von Seiten
des preußischen Königs, der Abberufung der österreichischen Abgeord=
neten aus dem Parlament und des Widerstrebens mancher deutscher
Fürsten, die neue Reichsverfassung anzuerkennen, war am 4. Mai in
der Paulskirche selbst der verhängnisvolle Beschluß gefaßt worden, vom
gesammten deutschen Volk das Eintreten für die Reichsverfassung zu
verlangen, wodurch die Gefahr der Anarchie heraufbeschworen und die
Anwendung revolutionärer Gewalt gutgeheißen wurde, die ja bekanntlich
bald darauf auch in Sachsen und im südwestlichen Deutschland zu
blutigen Aufständen führte. Trotz der fieberhaften Aufregung der

Gemüter, die besonders die demokratische Partei und namentlich auch die Studentenwelt in nicht geringem Maße ergriffen hatte, war die Ankündigung von Weigands erster Vorlesung über „Geschichte der deutschen Sprache", zweistündig wöchentlich, keineswegs unbeachtet geblieben. Der Ruf, den er damals als Gelehrter schon allgemein genoß und die patriotische Erregung jener Zeit hatten vielmehr in höherem Maße, als es sonst vielleicht der Fall gewesen sein würde, die Aufmerksamkeit gerade auf dieses Collegium hingelenkt. Das größte Auditorium der Universität war darum am Tage der Eröffnung geradezu überfüllt, denn die Erschienenen erwarteten offenbar eine anfeuernde patriotische Ansprache zum Beginn und viel angenehm unterhaltenden Stoff bei Fortsetzung der Vorlesung. Diese Erwartung wurde aber durch den sichtlich befangen auftretenden und im academischen Vortrag noch gar nicht geübten neuen Docenten, besonders aber durch die etwas trockne streng wissenschaftliche Form des in der ersten Stunde Gebotenen in keiner Weise befriedigt, und so blieb für die Fortsetzung der Vorlesung, die erst am 22. Aug. geschlossen wurde, nur eine kleine ausharrende Zahl treuer Zuhörer übrig, unter denen auch Schreiber dieses sich befand. Doch ließ der angehende Docent sich durch diese nachlassende Teilnahme und die Ungunst der politischen Ereignisse von eifrigem Vorwärtsstreben nicht abhalten, sondern hielt im Winter 1849/50 seine erste Vorlesung über die Lieder von den Nibelungen nach Lachmanns Ausgabe, im Sommer 1850 über das Evangelium des heil. Matthäus im Hochdeutsch des 9. Jahrhunderts nach dem Texte von J. Andr. Schmeller und im Winter 1850/51 über gothische Grammatik und Erklärung des Evang. Matthäi aus Ulfilas, wie es in der Natur der Sache lag, da keinerlei äußerer Zwang zum Besuch dieser Vorlesungen nötigte, vor einer kleinen, aber durch Liebe zum Gegenstande um so eifrigeren Anzahl von Zuhörern.

Am 30. Nov. 1849 war Weigand auch in die schon seit dem Jahre 1834 zu Gießen gegründete und damals unter dem Präsidium von Prof. Dr. Osann stehende „Gesellschaft für Wissenschaft und Kunst" eingetreten, der er bis zu seinem Ende mit großer Vorliebe angehörte und ebensowol vielseitige Anregung verdankte, als er anderseits aus dem reichen Schatze seines Wissens in derselben die ansprechendsten Mitteilungen machte. Am 3. Jan. 1851 sowie am 23. Juli 1852 hielt er z. B. in derselben zwei Vorträge über „Oberhessische Ortsnamen", mit deren etymologischer Deutung er seit 1848 schon sich beschäftigt und wozu Prof. Phil.

Dieffenbach von Friedberg ein aus Urkunden gewonnenes Ver=
zeichnis der Dörfer und Flüsse der Provinz in ältester Namensform
zur Benutzung überlassen hatte. Die mit gründlichster historischer
Sprachkenntnis unternommene Arbeit fand vielen Beifall, weil sie über
die Urzeit des oberhessischen Landes manchen überraschenden Aufschluß
bot und wurde auf Dieffenbachs Andrängen im Archiv für hessische
Geschichte und Alterthumskunde Bd. 7 abgedruckt, aber zum Bedauern
Vieler nicht weiteren Kreisen durch den Buchhandel zugänglich gemacht,
was sie so sehr verdient hätte. In gleicher Weise hat später Herr
Prof. Wilh. Arnold in Marburg in seinen „Ansieblungen und
Wanderungen" für das ehemalige kurfürstliche Hessen solche hoch=
interessante Namenbeutung vorgenommen. Weigand selbst mangelte
die Zeit, solche Studien weiter zu betreiben, so nahe es ihm auch von
manchen Seiten her gelegt wurde, ein größeres Werk der Art, das
sich über ganz Deutschland oder doch wenigstens den südwestlichen
Teil desselben verbreite, zu liefern, und so gern er selbst, wie er in
einem Briefe an Phil. Dieffenbach sagt, wenigstens über einige noch
in mancher Hinsicht dunkle Gebiete in der Nachbarschaft unseres Groß=
herzogthums forschend und beutend sich ausgesprochen hätte.

Unter den äußeren Ereignissen, die ihn um diese Zeit tiefer be=
wegten, muß der am 19. Juni 1850 erfolgte Tod von Schmitthenner
erwähnt werden, mit dessen Familie er immer die freundschaftlichsten
Beziehungen behalten und zu dem er auch stets noch mit einer gewissen
Verehrung hinaufgesehen hatte, als seine wissenschaftliche Richtung
schon längst über ihn hinausgeschritten war.

Bei der regen wissenschaftlich literarischen Tätigkeit, die Weigand
neben seinem acabemischen Lehramt entfaltete, muste es eigentlich als
unangemessen erscheinen, daß er, ein schon im 5. Jahrzehnt seines
Lebens stehender Mann, noch den Titel Privatbocent führte. Als
er daher nach Ablauf des 3. Semesters seiner acabemischen Laufbahn,
ebenfalls auf Zureden von Freunden, „um mit mehr Erfolg wirken zu
können", an die philosophische Facultät das Gesuch um Verleihung
des Titels eines außerordentl. Professors richtete, ging diese aufs be=
reitwilligste und mit vollster Einstimmigkeit darauf ein in Anbetracht
dessen, daß andere Universitäten für Gewinnung solcher Lehrkräfte be=
deutende Opfer gebracht hätten, und weil Weigand „durch seine
Schriften und Leistungen, durch Fleiß, gründliche Kenntnisse und ein=
bringenden Scharffinn sich in seiner Stellung bereits hinlänglich be=

währt habe und von den ausgezeichnetsten Männer seines Fachs aufs günstigste beurteilt werde". Und diesem Votum stimmte der ganze academische Senat wiederum bei, indem er die Ausführungen seines Referenten einstimmig sich aneignete, dahin gehend, daß es verwunderlich sein würde, wenn man den Wunsch des Petenten zurückweise, indem durch seine Anstellung nicht blos ein rein wissenschaftliches, sondern auch ein praktisches Bedürfnis, das unter den vorhandenen nicht die letzte Stelle einnehme, an der Universität befriedigt werde und zwar auf die allerwolfeilste Weise, da derselbe nicht einmal Gehalt verlange. Seine Erhebung zum Professor sei nur ein Gewinn für die Hochschule, an der er seit seiner kurzen Wirksamkeit das Bedürfnis nach altdeutschen Studien geweckt und mit Liebe und Erfolg vertreten habe. Auf den beßfalls unterm 30. Nov. 1850 gestellten Antrag des Senats erfolgte unterm 12. Dec. 1851 seine Bestallung als extraordinarius der Facultät, wozu ihm von Seiten seiner Freunde wie Fachgenossen von allerwärts die herzlichsten Gratulationen zugingen.

Im Jahre 1852 endlich, als die Wogen der Revolution sich gelegt und friedlichere Zeiten wiedergekehrt waren, ging der neue Professor mit Entschiedenheit an die Verwirklichung seines schon lange gehegten Planes der Herausgabe eines „kurzgefaßten, handlichen deutschen Wörterbuchs", welches das Nötige über Betonung, Biegung, Rechtschreibung, Gebrauch, sowie die Hauptbegriffe und Etymologie der Wörter enthalten sollte und für welches er schon seit Jahren die Vorbereitungen getroffen hatte. Da wurde ihm von dem Buchhändler J. Ricker in Gießen, mit dem er schon seit seiner Studentenzeit in freundschaftlicher Verbindung stand, der Antrag gemacht, eine neue Ausgabe des Schmitthenner'schen deutschen Wörterbuchs (2. Aufl. 1837), dessen Eigenthums- und Verlagsrecht von den Erben der Jonghaus-schen Buchhandlung in Darmstadt an die Firma Ricker übergegangen war, zu besorgen. So ungern Weigand auch auf den Plan zu einem eignen Werke der Art verzichtete, so bestimmte ihn doch zuletzt die Rücksicht sowol auf sein Freundschaftsverhältnis zu Schmitthenner als zu dem genannten Buchhändler dazu, daß er auf das Ansuchen einging. So unternahm er denn zu derselben Zeit als von den beiden Brüdern Grimm nach vieljährigen Vorarbeiten die ersten Publicationen ihres großen deutschen Wörterbuchs, dieses monumentalen Nationalwerks, erschienen, zu dem er selbst als einer „der Fleißigsten der Fleißigen" (s. Vorrede zum Grimm'schen Wörterbuch Bd. I, S. LXVII und Bd.

II, S. VI) von Anfang an seine Sammlungen zur Verfügung gestellt und fortwährend zum Teil aus den seltensten Schriften reiche
Auszüge geliefert hatte, eine „Umarbeitung Schmitthenners", die vom
ersten Hefte an gleich einen solchen Charakter annahm, daß sie für
des Verf. eigenstes Werk angesehen werden mußte und die im Laufe
der Zeit — es erschien nach und nach in Lieferungen — einen Umfang
erhielt, der weit über die ursprünglichen Intentionen des Autors
hinausging. Er legte damit Hand an die Hauptarbeit seines
Lebens, die ihn neben so vielfältigen anderen Obliegenheiten und Verpflichtungen beinah 18 Jahre lang aufs lebhafteste beschäftigte, bis
sie endlich als reife Frucht seines unermüdlichen Forschergeistes, seiner
ausgebreiteten Sprachkenntnis, seines in die Tiefe bringenden Scharf-
sinns sowie seiner treuen Liebe zu deutscher Art und Sprache dem
deutschen Volke vollendet geboten werden konnte. — Nach Empfang
der ersten Hefte schrieb ihm W. Wackernagel, mit dem er auch
schon lange freundschaftlichst Briefe wechselte (Basel den 30. Mai 1853),
in höchst anerkennender Weise : „Vor allem möchte ich, so viel Achtung
ich vor den Verdiensten des ersten Verf. hege, doch bedauern, daß Sie
Ihre Arbeit nur als eine neue Ausgabe der seinigen bezeichnen. Sie
ist ja in jedem Betracht Ihnen eigen und wird zuletzt mit Schmitthenners Buche nichts weiter gemein haben als was mit jedem andern
Wörterbuche, die Mehrzahl nämlich der verzeichneten Wörter. Ich
werde seiner Zeit den Buchbinder „Weigand" aufdrucken lassen. An
der Handhabung sodann des Stoffes und an dem bei der Ausführung
inne gehaltenen Maße habe ich eine rechte Freude : das Buch wird
durch seinen Gehalt und seine Klarheit auch die Laien ansprechen und
gewinnen, und die deutsche Philologie wird Ihnen dafür zu danken
haben, daß Sie die Ergebnisse der Forschung so schön in weitere
Kreise einführen". Darauf folgen noch Bemerkungen über Einzeln-
heiten.

Die innigste Teilnahme und Betrübnis verursachte ihm um diese
Zeit der am 27. Juli 1852 im 67. Jahr seines Alters in Folge
eines rasch verlaufenden Cholera-Anfalles eingetretene Tod Schmellers,
des Mannes mit eminenter Begabung für die Untersuchung der menschlichen Sprache (s. v. Raumer's Geschichte der germ. Philol. S. 562),
der nach den Brüdern Grimm Weigands Herzen am nächsten stand.
Am 4. Januar 1852 hatte ihm derselbe zum letzten Mal freundlichst
geschrieben und zum neuen Jahr gratulirt, über die Herausgabe seiner

Nachträge zum bahr. Wörterbuch sich ausgesprochen und wie lebens=
müde unter anderm auch geäußert : „Von Dingen, welche jetzt die
Welt bewegen, und worüber ich die Freude und Hoffnung Vieler nicht
teilen kann, sei unter uns keine Rede. Retten wir uns aus dem Ge=
tümmel der Menschen und ihrer Leidenschaften auf das stille friedliche
Gebiet der Wörter". Wie unvergeßlich ihm dieser Mann war, bewies er
noch lange nachher durch einen am 7. Mai 1869 in der oben er=
wähnten Gesellschaft für Wissenschaft und Kunst über ihn gehaltenen
Vortrag.

Das Jahr 1853 wurde für Weigand in so fern bedeutungsvoll,
als sich zu Anfang des Sommersemesters ein junger Docent für das
germanistische Fach an der Universität habilitirte in der Person des
Dr. Max Rieger von Darmstadt, der seine Thätigkeit mit einer
Vorlesung über die Geschichte des deutschen Volksepos eröffnete, aber
schon 1855 seine Stellung wieder aufgab und nach Basel übersiedelte.
Am 15. van Hooimaand 1854 wurde ihm dagegen die Freude zu
Teil, durch ein von J. de Wal unterschriebenes Diplom zum Mitglied
der um die niederländische Literatur und Sprachkunde vielfach ver=
dienten Maatschappij der Nederlandsche Letterkunde te Leyden
ernannt zu werden.

Im Herbst dieses Jahres endlich erlaubte sich Weigand, der als
Lehrer an der Realschule den dürftigen Gehalt von 900 fl. bezog, bei
der philos. Facultät, der er angehörte, zum ersten Mal den Wunsch auszu=
sprechen, für seine academische Tätigkeit auch mit einem Gehalt bedacht zu
werden. Wie gerechtfertigt man eine solche Forderung fand und wie
sehr der Bittsteller von seinen Collegen geschätzt wurde, geht daraus
hervor, daß die Facultät, ohne die geringsten Schwierigkeiten zu er=
heben, für „den so ausgezeichneten und von den Genossen der Wissen=
schaft so anerkannten Gelehrten, der seit 11 Semestern mit Gründlich=
keit, echt wissenschaftlichem Geist und anerkanntem Erfolg die ger=
manistischen Lehrfächer vertreten habe", sofort den Anfangsgehalt von
400 fl. in Vorschlag brachte, womit sich der ganze academische Senat
abermals in den schmeichelhaftesten Ausdrücken über den Petenten
einverstanden erklärte. In dem Gutachten des damaligen Senats=
referenten hieß es, man müsse sich den „in jeder Beziehung empfehlens=
werten Vertreter dieser Fächer" erhalten, den Mann „von seltener
Tabellosigkeit des Charakters, der mit den Koryphäen der Wissenschaft
im innigsten wissenschaftlichen Verkehr" stehe, der in anspruchsloser
Arbeitsamkeit bereits 50 Jahre seines Lebens zurückgelegt habe und

der leicht durch eine Berufung nach auswärts, Leipzig, Prag oder
Breslau [ob damals an diesen Orten an ihn gedacht wurde, wissen
wir nicht] der Hochschule entzogen werden könne, wenn man ihm nicht
eine Stelle gebe, in der er ganz ohne Sorge seinem eigentlichen Fach
sich zu widmen im Stande sei. Ja dankbar sei es eigentlich zu be=
grüßen, wenn er sogleich seiner Stellung als Reallehrer ganz ent=
bunden und zum ordentlichen Professor der deutschen Sprachwissen=
schaft ernannt werden könne, doch so weit erstreckten sich die in dem
„Bittgesuch des bescheidenen Mannes" vorgetragenen Wünsche gar
nicht. So warm aber auch Facultät und Senat solche Gehaltsverleihung
bei Großh. Ministerium befürworteten, so blieb eine Entscheidung des=
selben bezüglich dieser Angelegenheit doch vollständig aus. Wir müssen
zur Erklärung dieser Thatsache aber daran erinnern, daß im folgenden
Jahre 1855, wie oben berichtet wurde, Weigand provisorisch und im
Januar 1857 definitiv zum Director der Realschule ernannt wurde,
womit eine Erhöhung seines Gehalts um 400 fl. verbunden war, so
daß man ihn wegen seiner Leistungen an der Hochschule noch besonders
zu belohnen wol nicht für nötig hielt. Erwähnen müssen wir hier
aber zugleich, daß es im Nov. und Dec. 1858 bezüglich dieses An=
trags auf Gehaltsverleihung einer empfehlenden Erinnerung von Seiten
der Facultät und des Senats bei Großh. Ministerium noch bedurfte,
bis die für ihn beantragte Summe von 400 fl. unterm 10. Oct.
1859 ihm endlich bewilligt wurde.

Das äußere Leben Weigands in der Mitte der 50er Jahre bietet
sonst übrigens keine bemerkenswerten Ereignisse dar. Außer vermehrten
Arbeiten an der Realschule, die er in Folge seiner allzu peinlichen
Sorgfalt im berichtlichen Verkehr mit Behörden und in Circularen
an das Lehrercollegium vielleicht selbst etwas unnötig steigerte, ging alles
den allgewohnten ruhigen Gang fort. Wissenschaftliche Studien, aus=
gedehnter Briefwechsel mit Freunden, Besuche von Fachgenossen (z. B.
Oskar Schade, Holtzmann, Müllenhoff u. s. w.), mit unermüdlichem
Fleiß fortgesetzte Beiträge zum Grimm'schen, sowie dem mittelhoch=
deutschen Benecke=Müller=Zarncke'schen Wörterbuch (siehe die
Vorreden zu den einzelnen Bänden des letzteren), Abfassung von Auf=
sätzen und Recensionen und Arbeiten am eignen Wb. waren es, die
ihn in Anspruch nahmen. An dem damals mit so großer Lebhaftigkeit
unter den Germanisten geführten Streit über die Entstehung und
Composition des Nibelungenliebs beteiligte er sich jedoch nicht. Davon
hielt ihn, wenn er mit seinen Ansichten auch mehr der Lachmann=

ſchen Anſchauung zugethan war, ſchon ſeine allzu große Friedensliebe
ab, und ſo kam es, daß er auch mit den Vertretern der entgegenge-
ſetzten Anſicht, wie Holtzmann, Zarncke, W. Müller, Franz
Pfeiffer, Bartſch u. A. in ebenſo freundlicher Verbindung blieb,
wie er, der ganz conſervativ Gerichtete, ja ſonſt auch vielfach unter
liberal geſinnten Männern ſeine beſten Freunde fand. Wir erwähnen,
daß er in dieſer Zeit von Wilh. Grimm unterm 3. März 1855
einen Brief erhielt, worin dieſer ihm ſchreibt : „Ich nehme niemals
Ihre Beiträge zum Wb. in die Hand, ohne mich Ihrer Genauigkeit zu er-
freuen, und brauche nicht zu ſagen, wie ſehr ich mich Ihnen dafür
verbunden fühle". Und Philipp Dieffenbach gegenüber äußerte
er in einem · Schreiben vom 22. Juli 1856 : Mein wörterbuch
schreitet bei der mir vergönnten spärlichen musze allmählich vor,
aber es ist noch ein bedeutender und schwerer weg zur vollendung. leicht fertige und scheingelehrte arbeiten, wie die
Schwencks, die von zahllosen fehlern und zumal den gröbsten
wimmelt, sind meine sache nicht; ich ringe lieber langsam aber
sicher zum ziele. schwer ist oft dabei der mismuth niederzu-
kämpfen, wenn ich mich in meiner thätigkeit beengt fühle und
sich mir doch leicht bei ein wenig berücksichtigung eine günstigere
stellung hätte bereiten lassen. Und an einer andern Stelle heißt
es : Ihr grusz an Jacob Grimm soll in den nächsten tagen, in
welchen ich ihm schreibe, besorgt werden. wenn doch solch
einem manne ein recht hohes alter und zwar bei ungeschwächter
geistes- und körperkraft beschieden wäre, welcher gewinn noch
für die wissenschaft! mit gröster Freude begrüsze ich jede
neue arbeit von ihm, denn auch in der kleinsten bringt er eine
fülle neuer forschungen, gedanken und aufschlüsse". — Von
Vorträgen, die er um dieſe Zeit hielt, nennen wir abermals zwei in
der Geſellſchaft für Wiſſenſchaft und Kunſt : „Über deutſche Lexicographie" (26. Jan. 1855) und „Über die Beziehungen der
einzelnen Landesteile des Großh. Heſſen zur deutſchen
Literatur" (6. März 1857), welchen letzteren er auch, wie er Ph.
Dieffenbach, ſeinem Freunde, ſchreibt, noch weiter auszuarbeiten und druck-
fertig zu machen gedachte, was aber unſers Wiſſens nicht geſchehen iſt.
Daß es ihm aber auch große Befriedigung gewährte, trotz mancherlei
Hemmniſſen und Abhaltungen endlich im Frühjahr 1857 den erſten
Band ſeines eignen Wörterbuchs (A—K umfaſſend), das er „den
Brüdern Jacob Grimm und Wilh. Grimm in Liebe und Treue"

widmete, (als 3. Aufl. von Schmitthenner) dem Publicum vollendet
bieten zu können, bedarf keiner näheren Auseinandersetzung.

Doch viel mehr als bloß erfreute ihn die Ausführung einer schon
längst geplanten längeren Reise nach Norddeutschland zum Zweck der
Einsichtnahme von Handschriften auf verschiedenen Bibliotheken, die
ihm durch bereitwillige Unterstützung aus Universitätsmitteln in den
Herbstferien 1857 ermöglicht wurde. Diese Reise hinterließ·in dem
Herzen des wenig und selten über die Grenzen seiner engern Heimat
hinausgekommenen Mannes so tiefe Eindrücke, daß er nicht müde
wurde, von allen einzelnen Erlebnissen derselben Freunden und Be=
kannten, wo sich nur Gelegenheit bot, immer und immer wieder zu
erzählen und die ihm auf derselben geworbenen Annehmlichkeiten in
der Erinnerung aufzufrischen. Er unternahm sie mit seiner Tochter
Mathilde über Eisenach (Wartburg) und Weimar, wo er sich sehr
gründlich umsah und Reinhold Köhler näher kennen lernte, nach Berlin.
Hier verweilte er volle 14 Tage, arbeitete mit großem Fleiß auf der
Kgl. Bibliothek, sah verschiedene Manuscripte ein und verglich insbe=
sondere auch Val. Ickelsamers Teutsche Grammatica 2. Aufl. Mehr wie
die Sehenswürdigkeiten der Großstadt fesselte ihn daneben aber der
intime tägliche Verkehr mit „dem unvergleichlichen Brüderpaar", in
dessen Hause er „gar werthe angenehme Stunden erlebte", und der
Besuch bei anderen hervorragenden Männern seines Fachs, namentlich
bei Moriz Haupt, dem Nachfolger Lachmanns seit 1853. Das schon
vorher durch zwei Besuche Jacob Grimms und der Familie seines
Bruders Wilhelm bei ihm in Gießen befestigte Freundschaftsver=
hältnis wurde durch diesen längeren persönlichen Austausch noch
herzlicher und documentirte sich von da an durch noch reichlicheren
brieflichen Verkehr als zuvor, aus dem wir gern manches mitteilten,
wenn die uns gesteckten Grenzen es erlaubten. Ueber Braunschweig
und Wolfenbüttel, wo er die 4 Blätter der gothischen Ulfilas=
handschrift und in Cassel, wo er die Urschrift des Hildebrandsliedes
zum ersten Mal sah, reiste er dann wieder nach Hause zurück.

Aus den folgenden Jahren erwähnen wir zunächst seine reichlichere
Mitarbeit am „Literarischen Centralblatt", über welche, so weit sie
uns bekannt wurde, die Beilage einige Auskunft gibt. Prof. Zarncke,
der Herausgeber, schrieb ihm unterm 26. März 1859, für Weigands
freundliche und nachsichtige Mitteilungen dankend, jede Zusendung
desselben für sein Blatt sei ihm „eine wahre Freude" und bemerkt be=
züglich seines Wörterbuchs, er empfehle es überall und finde dankbare

Erwiderung für seine Empfehlung. — Weiter führen wir an, daß
Weigand am 8. Novbr. 1859 auch zum ordtl. Mitglied des historischen
Vereins für das Großh. Hessen aufgenommen wurde und daß ihm in
denselben Tagen Jacob Grimm nebst einem sehr freundlichen Schreiben,
in dem er ihm über eine Reise nach München und an den Starn-
berger See und über andere Erlebnisse berichtet, seine in der Berliner
Academie der Wissenschaften zur Feier von Schillers 100jährigem
Geburtstag gehaltene Rede, sowie ein Relief-Bild, ihn und seinen
Bruder Wilhelm darstellend, übersendet, was den Empfänger aus-
nehmend erfreute. Freilich sollten W. Grimms Lebenstage nicht lange
mehr währen. Nachdem derselbe schon lange gekränkelt und im Sept.
einige Wochen in Pillnitz verlebt hatte, ohne Besserung zu fühlen, er-
lag er bereits am 16. Decbr. 1859 der ihn quälenden Krankheit, als
er am großen Wörterbuch gerade den Buchstaben D vollendet hatte.
Daß Weigand von dieser Todesnachricht wie von der eines nahen
Verwandten tief erschüttert wurde, braucht nach dem, was bereits über
sein Verhältnis auch zu diesem von ihm hochverehrten Manne mitgeteilt worden ist und nach der ganzen treuen Art, wie er überhaupt
freundschaftliche Beziehungen fest hielt, kaum gesagt zu werden. Ebenso
selbstverständlich ist aber auch, daß ihn der Empfang eines Briefes
von der Hand seines „treuen Freundes Jacob Grimm" am 16. Dec.
1860, bem Jahrestage jenes Todesfalls, darum boppelt erfreute, wie
auch die Uebersendung eines solchen Schreibens im December 1861,
das auch zugleich von der Photographie des verstorbenen Bruders begleitet war und noch sonstige vertrauliche Mitteilungen enthielt. In ihm
findet sich auch die Stelle : „Bezweifeln Sie nicht, dasz mir von
Ihrer hand alles lieb und werth ist, abgesehen von dem vielen
nutzen, den man daraus schöpft".

Nicht unerwähnt dürfen wir hier aber auch lassen, daß Weigand
im Herbst des zuletzt genannten Jahres, vom 24. bis 27. Sept., die
Philologen-Versammlung zu Frankfurt a. M. besuchte, wo
er außer mit vielen anderen Bekannten auch mit vielen Fachgenossen,
wie Bartsch, v. Raumer, Holland Creizenach, W. Herbst, W. Wackernagel, Pott, Crecelius, Rieger, Lorenz Diefenbach, Frz. Roth u. A.
persönlich sich berührte.

Prof. Rud. v. Raumer hielt damals in der pädagogischen
Section einen viele Teilnehmer der Versammlung aufs höchste interessiren-
den Vortrag „Ueber die Behandlung des Altdeutschen auf
Gymnasien und über die Heranbildung der dazu nötigen

Lehrkräfte, welcher eine höchst umfangreiche, belebte und den Gegen=
stand nach allen Seiten hin beleuchtende Debatte hervorrief. Bedeutend
für die germanistische Wissenschaft wurde diese Versammlung in Frank=
furt bekanntlich auch dadurch, daß ein von den Herrn Dr. von Raumer,
Bartsch und Wackernagel gestellter Antrag auf Bildung einer besonderen
germanistischen Section bei den Philologen=Versammlungen — außer
den früher erwähnten Germanistentagen von Frankfurt und Lübeck
1846 und 1847 hatten solche Zusammenkünfte der Fachgenossen nicht
wieder stattgefunden — zur Annahme gelangte. In Folge dessen con=
stituirte sich das Jahr darauf 1862 zu Augsburg diese neue Ab=
zweigung unter dem Vorsitz Wilh. Wackernagels und dem Vicepräsidium
Rud. v. Raumers zum erstenmal als germanistische Section, woran
Weigand natürlich das höchste Interesse nahm, ohne daß es ihm in
Folge eines leichten Unwohlseins vergönnt war, jene Versammlung zu
besuchen, wie er es gern gethan hätte. Erwähnt mag hier auch noch werden,
daß er am 29. Nov. 1861 wieder einen Vortrag und zwar „Ueber
den Buchstaben R in der deutschen Sprache" in der Gesell=
schaft für Wissenschaft und Kunst hielt.

Während wir aus dem Jahre 1862 nur die Feier des 25jährigen
Bestehens der Gießer Realschule als ein Ereignis, das Weigand
näher anging, zu erwähnen haben, bietet dagegen das Jahr 1863 ein
solches, das ihn aufs tiefste berührte und das zugleich den directesten
Einfluß auf seine weitere Berufs= und Lebensstellung übte, wir meinen
den Tod Jacob Grimms. Am 5. Jan. des Jahres hatte er von
demselben den letzten Brief erhalten, mit dem dieser einen Bd. seiner Weis=
thümer, um die ja Weigand, wie wir oben erwähnt, sich ebenfalls ver=
dient gemacht hatte (vgl. Bd. V, Vorrede S. IV herausgegeben von R.
Schröder), übersandt und zugleich für die Uebermittelung der 8. Lieferung
von Weigands Wörterbuch seinen Dank ausgesprochen hatte. Von
einer Krankheit desselben nichts ahnend, hatte Weigand Montag den
21. Sept. ihm noch Aufzeichnungen für das Wörterbuch geschickt und
ihm gemeldet, daß er über Weimar und Leipzig zur Philologenver=
sammlung nach Meißen, wozu ihn wiederholte Mahnungen Prof.
Zarncke's gebracht hatten, zu reisen, und von da nach Berlin zu kommen
beabsichtige, falls Grimm zu der Zeit nicht verreist sei. Während
aber dieses Schreiben nach Berlin lief, langte ein an demselben Tage
in der Frühe geschriebener Brief von der Tochter Wilh. Grimms an
Weigand an, der das am Tage vorher bald nach 10 Uhr abends er=
folgte Hinscheiden ihres Onkels im bald vollendeten 79. Lebensjahr

5*

in Folge einer Leberentzündung melbete, zu der dann noch ein Schlag=
anfall gekommen sei. Die Nachricht erschütterte ihn so tief, daß
er sich kaum zu fassen vermochte. Aber daß er hineilen müsse, ihm
die letzte Ehre zu erzeigen, stand ihm augenblicklich fest. Nachdem er
sich ein wenig gesammelt und durch telegraphische Anfrage erfahren
hatte, daß die Beerdigung donnerstags früh den 24. stattfinden werde,
eilte er mittwochs mit einem morgens abgehenden Eilzug nach Berlin,
wo er abends 10 Uhr eintraf. Dort angekommen ging ich, so schreibt
er in einem Brief an Lorenz Diefenbach (vom 31. Octobr. 1863),
donnerstags früh zuerst zu Müllenhoff, um mich zu befragen,
in welcher weise die begleitung zum friedhofe statt habe
und begab sich dann etwa um 8 uhr in Grimms wohnung
(Linksstrafse), wo der sarg in der wohnstube aufgestellt war. er
war schon geschlossen, und so konnte ich die theuren züge
nicht noch einmal sehen. oben, zu beiden seiten und an den
beiden enden war er mit kränzen geschmückt. Am oberen
ende hing ein kranz von weifzen rosen mit zwei nieder-
hangenden breiten weifzen bändern, worauf die worte
gestickt waren „dem Freund der Jugend von dankbaren
Kindern“. ich blieb hier bis zur bestimmten Stunde. die
trauerversammlung war grosz. propst Nitzsch hielt die rede.
die begleitung, die sich von dem hause nach dem friedhofe bewegte, war eine so zahlreiche, wie sie Berlin selten sieht. am
grabe, in welches der sarg gesenkt worden war, sprach prediger
Buttmann, ein sohn des berühmten philologen. beide brüder
ruhen neben einander, ich habe mir das bild, wie ihre särge
stehn, wol eingeprägt. sontags nachmittags war ich mit Müllenhoff noch einmal an der stelle; ich wollte gerne die gräber
sehen, ehe ich von Berlin abreiste. es ist die schönste stelle
des kirchhofs, wo das einzige brüderpaar ruht, an einer sanften
anhöhe, von welcher man gerade hier eine schöne aussicht hat.
ich war viel in Grimms wohnung, und es ergriff mich tiefe
wehmuth, als ich die zimmer betrat, in welchen ich vor sechs
jahren bei den beiden brüdern so frohe stunden verlebt hatte. —
Das alles, fügt er hinzu, habe er ihm, nachdem er an dem Grabe des
Mannes, „an dem er mit ganzer Seele hing“, gestanden hatte,
sofort von Berlin aus schreiben wollen, habe aber von Wehmuth über=
wältigt nur einige Zeilen fertig gebracht, und so sei der Brief un=
vollendet geblieben. Wir konnten uns nicht enthalten, diese Schilderung

mit Weigands Worten selbst hier einzuflechten, weil sie uns einen
tiefen Blick in das aufrichtige herzliche Verhältnis thun läßt, das
zwischen beiden Männern bestand.

Von Grimms Begräbnis begab sich Weigand weg zu der
vom 30. Sept. bis 2. Oct. zu Meißen tagenden Philologen = Ver=
sammlung, wo er eine Reihe teurer Fachgenossen traf, die von dem
unerwarteten Tod ihres Meisters, den sie in ihrer Mitte zu sehen
gehofft hatten, ebenso betroffen waren. Von heitern tagen dort
kann ich, was mich betrifft, nicht reden, ich war noch zu sehr
ergriffen, schreibt Weigand über diese Tage an seinen Freund Dr.
H. Rumpf in Frankfurt a. M. den 2. Nov. 1863, aber doch war
mir's lieb, dasz ich hier war und der gedächtnisfeier Jacob
Grimms anwohnen konnte. Diese fand auf Ecksteins anregung
vor der ganzen versammlung statt, und Zarncke, der präsident
der germanistensection, sprach hier trotz seiner heiserkeit vor=
trefflich. am schlusze erstickten thränen seine stimme, doch
nur auf augenblicke, aber gerade dasz das gefühl den ausdruck
begleitete verstärkte noch den eindruck. es war eine wahrhaft
feierliche stunde, die mir unvergeszlich bleiben wird.

In der ersten Sitzung der Germanistensection wurde bekanntlich
von Hoffmann von Fallersleben, der kurz darauf und später noch mehr=
mals Weigand in Gießen besuchte, der Antrag gestellt, einen Aufruf
an die gesammte deutsche Nation zur Errichtung eines Denkmals für
Jacob Grimm ergehen zu lassen, wozu eigentlich schon vorher durch
Firmenich=Richartz, den Herausgeber der Völkerstimmen Germaniens,
von Cöln aus angeregt worden war. Da man aber unter den Ver=
sammelten über die Art, wie dieß geschehen solle, sich nicht einigen
konnte, wurde endlich auf Vorschlag des Vicepräsidenten Dr. Möbius
aus Leipzig eine Commission, bestehend aus den Professoren Dr. Wei=
gand, v. Raumer und Bartsch, gewählt, denen dann auf Vor=
schlag eines Andern noch die HH. Prof. Zarncke und Dr. Rudolf
Hildebrand aus Leipzig mit dem Recht der Cooptation hinzutraten,
welche über die Art, wie das Andenken Grimms am besten zu ehren
sei, berathen und auf der folgenden Philologen=Versammlung in Han=
nover das Ergebnis, zu dem sie gekommen, der Section vorlegen sollten.
Um aber die Frische des Eindrucks von Grimms Tod für ihre Ab=
sicht nicht unverwertet zu lassen, wurden die Commissionsmitglieder
zugleich zur sofortigen Abfassung eines solchen Aufrufs an die deutsche
Nation ermächtigt, womit sich auch die Plenarversammlung der Philo=

logen und Schulmänner als mit einer allgemeinen Angelegenheit aufs wärmste einverstanden erklärte. Trotzdem kam es leider, wie wir hier gleich anfügen wollen, nachher weder zu diesem Aufruf, noch zu einer Grimm = Stiftung, wie Viele sie wünschten, weil die sich entgegen= stellenden Schwierigkeiten für zu bedeutend erachtet wurden.

Wichtiger als dieser Auftrag der Section wurde aber für Wei= gand die Aufforderung, die damals an ihn herantrat, nach Grimms Tode als Fortsetzer und Mitführer der Oberleitung des von demselben bei dem Worte „Frucht" abgebrochenen großen Wörterbuchs mit auf= zutreten. Jacob Grimm hatte im Kreise seiner Familienangehörigen Weigand öfters als den zur Fortführung des Werks Geeignetsten be= zeichnet, ohne übrigens darüber eine feste Bestimmung zu treffen. Ebenso hatte er bei einem Besuche in Leipzig 1860 zu Dr. Rudolf Hildebrand, damals noch Gymnasiallehrer daselbst, der schon seit längerer Zeit auf Antrag des Verlegers Sal. Hirzel im Stillen am Buchstaben K ausarbeitete, gesagt : „Sie werden also einmal das Wörterbuch fortsetzen", ohne weitere Mitarbeiter, die er wünsche, nam= haft zu machen. Nach dem Hinscheiden Grimms war es Beiden sofort klar, daß Weigand in erster Linie als der für die Mitarbeit Befähigtste um seine Teilnahme anzugehen sei. Als daher nach Schluß der Meißener Versammlung von vielen der Teilnehmer ein Ausflug nach Dresden unternommen wurde, an dem auch Weigand sich be= teiligte, warb Hildebrand in Hirzels Auftrag bringend um des Ersteren Mithilfe, wie er auch noch zwei andere Herren, die später wieder von der Sache zurücktraten, darum anging. Mit schwerem Herzen, wie Weigand in der Vorrede zur 2. Ausgabe seines Wörterbuchs sagt, und im Bewustsein, es Grimm nicht nachthun zu können, entschloß er sich endlich die Fortsetzung des großen Nationalwerks mit zu über= nehmen, reiste mit Hildebrand nach Leipzig und stellte mit dem Ver= leger Hirzel, „dem Buchhändler im großen Style, wo es sich um die idealen Güter des Volks in seiner Literatur handelte", fest, daß er zunächst die Vollendung des Buchstabens F und in weiterer Zeitferne den Buchstaben S übernehmen wolle, während Hildebrand, der am K schon eifrig thätig gewesen war, sich rasch an's G zu begeben habe. Denn Weigand war damals der Meinung, der Rest des Buchstabens F werde das nächste Heft nicht mehr füllen, was sich sehr bald als große Täuschung erwies. So hatte der von der Trauerfeier in Berlin und Meißen über Weimar, wo er auch auf der Bibliothek noch man= cherlei arbeitete, am 6. Oct. nach Hause Zurückkehrende neben einer

eignen sehr in Anspruch nehmenden lexicographischen Arbeit noch ein
zweites viel schwierigeres Werk auf seine Schultern geladen, für das
er freilich seither schon nicht nur durch unermüdliche Beisteuer der
wertvollsten Art, sondern auch als literarischer Kämpe aufs wirksamste
thätig gewesen war. Daß er zur Teilnahme herangezogen sei, fand in
den Kreisen der Fachgenossen die lebhafteste Zustimmung. Unterm
21. März 1864 z. B. ersuchte ihn V i l m a r in einer nicht unerheb=
lichen Universitätsangelegenheit, bei der er zu entscheiden habe, um ein
sprachliches Gutachten. „Wenn er sich auch, sagt er in dem betr.
Schreiben, die Frage so ziemlich selbst beantworten könne, so ziehe er
es doch vor, e i n e f r e m b e A u t o r i t ä t u n b z w a r e i n e v o m
e r s t e n R a n g anzurufen, und bemerkt dabei zugleich, daß Grimms
Wörterbuch in Weigands Hände gelangt sei, habe ihn ungemein er=
freut. Ab und zu schlage er noch Steine an der Chaussee seines
- hessischen Idioticons, verfolge also das Grimm'sche Wörterbuch mit
doppelt großem Interesse." Im Zusammenhang mit diesem ehren=
vollen Auftrag der Fortsetzung eines für die ganze Nation so be=
deutungsvollen Werkes stand es wol auch, daß Weigand am Ludwigs=
tage des Jahres 1864 von seinem Landesfürsten durch Verleihung des
Ritterkreuzes Ier Cl. des Verdienstordens Philipps des Großmütigen
geehrt wurde.

Aber daß er neben seinem Directoramt an der Realschule, seiner
Pflicht, Vorlesungen an der Universität zu halten und neben seinen
eigenen wissenschaftlichen Arbeiten durch die Beteiligung am Grimm=
schen Wörterbuch zu viel übernommen hatte, wurde bald offenbar.
Kurz nach Grimms Tode kam eine Bücherkiste von Berlin an, die
das für die Arbeit am Wörterbuch nötige Material, aber auch eine
Anzahl von den beiden Brüdern besessener und gebrauchter Werke, als
Geschenk der Angehörigen derselben, in seine Hände überlieferte.
Nachdem er im Nov. 1863 durch einen Vortrag in der Gesellschaft
für Wissenschaft und Kunst „über Jacob Grimm" seinem Pietäts=
gefühl gegen den genialen Mann noch Ausdruck gegeben hatte, rüstete
er sich zwar zur ernstlichsten Inangriffnahme der übernommenen
Arbeit, lernte aber auch bald die großen Schwierigkeiten derselben
kennen. In Briefen an Freunde aus dieser Zeit kehrt daher der
Wunsch nach größerer Muße häufig wieder, um zunächst wenigstens
sein eignes Wörterbuch rasch beendigen und dann der größeren Auf=
gabe ganz sich widmen zu können. Wir dürfen hier nicht unerwähnt
lassen, daß ihm zwar seit dem Sommer 1864 der pens. Gymnasial=

lehrer Prof. Dr. G. Zimmermann von Darmstadt mit dem Recht, Vorlesungen über deutsche Sprache und Literatur zu halten, als Specialcollege zur Seite trat, daß er aber dadurch bezüglich seiner Thätigkeit
an der Universität eigentlich keine Erleichterung erfuhr. Eine um so
größere Befriedigung gewährte es ihm darum, daß unterm 29. Sept.
1865 achtzehn von den zur Philologen=Versammlung in Heidelberg
erschienenen Germanisten unter dem Präsidium Dr. Max Riegers zu
dem Beschlusse sich einigten, an Großh. Hess. Ministerium des Innern
ein Gesuch um wesentliche Erleichterung Weigands in Bezug auf
sein Schulamt einzureichen, wie dieß schon vorher in Bezug auf seinen
Mitarbeiter Dr. Rud. Hildebrand durch eine Intercession bei dem
Stadtrat von Leipzig sich erfolgreich erwiesen hatte und später bekanntlich auch bezüglich des Verfassers des mittelniederdeutschen Wörterbuchs Dr. Schiller in Schwerin geschah. Auf ähnliche Weise dachte
man auch Weigand die längst gewünschte Muße zu verschaffen, damit
er sich ungestörter der großen lexicographischen Arbeit hingeben könne.
Das Großh. Ministerium forderte in Folge dessen die Großh. Oberstudienbirection, die aus patriotischen Rücksichten Weigands Befreiung
vom Schulamt gern befürwortete, und anderseits die philosophische
Facultät zu Gießen über die Angelegenheit zum Bericht auf. Letztere
faßte nach einem eingehenden Vortrag des zum Referenten bestellten
Prof. Dr. Ludwig Lange (jetzt in Leipzig) unterm 6. Jan. 1866
den einstimmigen Beschluß : die Facultät werde es mit Freuden begrüßen, wenn das Großh. Ministerium auf diese Petition der Germanisten hin Weigand ganz von der Direction der Realschule entbinde
und zum ordentlichen Professor bei der Facultät ernenne, wie auch wenn
es mit Genehmigung der Stände einen Gehalt von 1300 fl. — so viel
betrug nämlich damals sein Einkommen als Realschulbirector noch —
neben den als außerordtl. Professor seither bezogenen 400 fl. ihm
bewilligen werde. Diesem Votum schloß sich dann unterm 21.
Jan. 1866 nach einem warmen Referat Prof. Dr. Hesse's auch der
ganze academische Senat wieder mit voller Einstimmigkeit an, und so
erging schon unterm 27. Jan. ein dahin zielender Antrag an's Ministerium. Zur Begründung desselben wurde auf die hohe wissenschaftliche und nationale Bedeutung des Grimm'schen Wörterbuchs hingewiesen und zugleich für eine Ehrenpflicht erklärt, dazu mitzuwirken,
daß das begonnene Nationalwerk auch in ehrenvoller Weise zu Ende
geführt werde. Weiter wurde hervorgehoben, daß man es in ganz
Deutschland übel vermerken werde, wenn man dem Manne, der an=

erkanntermaßen in erster Linie dazu befähigt sei, nicht eine Stellung verschaffe, in der er Zeit und Kraft genug behalte, um für die Fortführung desselben thätig zu sein. Das einfachste Mittel dazu sei das, ihn von seinem Schulamt zu entbinden, denn, wenn man ihm dieses lasse, ihn dagegen von seiner Professur befreie, so würde die Universität ohne die Vertretung des germanistischen Fachs sein, das durch Weigand so großen Aufschwung gewonnen, und Gießen so hinter andern Hochschulen zurückstehen. Bei Weigands Verbleiben an der Hochschule aber, wurde weiter ausgeführt, sei auch die Möglichkeit gegeben, durch ihn die Prüfung der Lehramtsaspiranten in deutscher Sprache und Literatur vornehmen zu lassen, wie auch seine Mitwirkung bei Promotionen sich zu erhalten. Daß er aber an seinem bisherigen Einkommen keine Einbuße erleide, wurde einfach als eine Sache der Billigkeit hingestellt. Trotz dieser warmen Fürsprache von Facultät und Senat sollte es aber zu einer Entscheidung des Ministeriums in dieser Angelegenheit auch dießmal so bald noch nicht kommen. Das Jahr 1866 mit seinem „Bruderkrieg“ trat hinderlich dazwischen. Die prekäre Lage, in welche Hessen-Darmstadt in Folge der dabei ergriffenen Parteistellung kam und die politischen Neugestaltungen, welche seit Aufrichtung des norddeutschen Bundes die hessischen Staatslenker vollauf in Anspruch nahmen, brachten es mit sich, daß der Bescheid in der Sache Weigands ausgesetzt blieb bis zum 28. Sept. 1867, wo endlich, dem Antrag von Facultät und Senat entsprechend, unter gleichzeitiger Enthebung von seiner Directorstelle an der Realschule und Bewilligung eines Gesammtgehalts von 1700 fl. = 2914 Mark, seine Anstellung als ordentlicher Professor der deutschen Sprache und Literatur erfolgte. Diese Bestallung fand gerade um die Zeit statt, als Weigand (vom 1. bis 4. Oct.) den Verhandlungen der germanistischen Section der Philologen-Versammlung in Halle beiwohnte. Auf Antrag des damaligen Präsidenten der Section Dr. Jul. Zacher wurde dort von 38 erschienenen Mitgliedern derselben der Beschluß gefaßt, an den Kanzler des norddeutschen Bundes Grafen Bismarck eine Petition zu richten, dahin gehend, daß zur Förderung und Vollendung des Grimm'schen Wörterbuchs, dessen würdige Fortsetzung und Vollendung in die Hände Weigands und Hildebrands übergegangen sei, eine ausreichende nationale Unterstützung aus Staatsmitteln bewilligt werden möge, ein Gesuch, welches auch, wie bekannt, in liberaler Weise gewährt wurde, so daß der neue deutsche Staat, wie Hildebrand sich ausdrückt (W. B. Bb V, I), von da an das Nationalwerk, so zu sagen, auf seinen Schoß nahm.

Weigand selbst, der da zuerst auch Weinhold persönlich kennen lernte, hatte sich von der Abstimmung ausgeschlossen, weil, wie er sagte, seine Regierung ihn in angemessener Weise zu erleichtern bereits die Absicht habe. Gleich nach seiner Rückkehr in die Heimat erfuhr er mit großer Freude seine Ernennung zum Ordinarius, und er trat damit in das letzte Stadium seines Lebens ein, in dem seine Thätig= keit einzig und allein der Hochschule und der rein wissenschaftlichen Beschäftigung zugewendet war. Er hatte jetzt den Höhepunkt seines Lebens erreicht, aber dieses ist von da an bis zu seinem Tode auch äußerlich noch ruhiger verlaufen als vorher. Seine Wirksamkeit als acabemischer Docent tritt seitdem natürlich mehr in den Vordergrund, besonders auch seit die neue Prüfungsordnung für Gymnasial= und Reallehr= amts=Candidaten in Hessen ein Examen in deutscher Sprache und Literatur vorschrieb. Und darum ist es hier wol gerechtfertigt, über die von Weigand an der Universität überhaupt gehaltenen Vorlesungen übersichtlich etwas mitzuteilen. Er las während seines 29jährigen Docentenamts : Geschichte der deutschen Sprache einmal, zugleich in Verbindung mit den Grundzügen der deutschen Grammatik aber 3mal, Erklärung des Nibelungenliebs nach Lachmanns Ausgabe 5mal, Ev. Matthäi im Hochdeutsch des 9. Jahrh. nebst ahd. Grammatik 8mal, gothische Grammatik nebst Erklärung des Ev. Matth. aus Ulfilas 10mal, deutsche Nationalliteratur von den ältesten Zeiten bis 1720 8mal, deutsche Nationalliteratur von Opitz bis zur Gegenwart 7mal, Geschichte der deutschen Sprachforschung und des deutschen Sprach= unterrichts einmal, Ev. Marci aus Ulfilas 2mal, Geschichte der Völker= wanderung und der aus ihr entstandenen Reiche mit Beziehung auf deutsche Sprache und Literatur sowie die Gesetzsammlungen der deutschen Völker 3mal, über Karl den Großen und seine Zeit einmal, über die Wortbildung in der deutschen Sprache 4mal, über ausgewählte Ge= dichte Walthers von der Vogelweide 8mal; deutsche Grammatik 6mal, mit Laut=, Flexions= und Wortbildungslehre 2mal, über den armen Heinrich Hartmanns von der Aue 2mal, über ausgewählte Abschnitte aus dem Heliand 3mal, über ausgewählte Abschnitte aus angelsächsischen Dichtungen und Prosastücken mit Zugrundelegung von M. Riegers Lesebuch 5mal, über deutsche Syntax 4mal. Seine Vorlesungen fielen aus im Sommer 1851, 1856 und 1859 wegen Beschäftigung mit literarischen Arbeiten oder außergewöhnlichen Geschäften an der Real=

schule, im Winter 1860/61 und im Sommer 1868, weil es an der gesetzlichen Anzahl von Zuhörern fehlte und nur einmal im Sommer 1876 wegen Krankheit. Nie zu Stande dagegen kamen von ihm angezeigte Vorlesungen über Altnordisch (ausgewählte Lieder der alten Edda), über das Lied von der Kudrun, über Otfrids Krist, Boners Edelstein, Reineke Vos, Hartmanns Zwein, sowie eine Vorlesung über die Geschichte des 30jährigen Kriegs mit Beziehung auf deutsche Literatur und deutsche Sitte, und eine über die Dichtungen Bürgers.

Wenn wir uns nun hier ein Urteil über Weigand als acade= mischen Docenten erlauben dürfen, so muß, ohne daß wir ihm dadurch zu nahe zu treten glauben, gesagt werden, daß auch in seinen Vor= lesungen an der Universität seine eigentliche Bedeutung nicht lag. Er vertrat ja, wie aus obigen Mitteilungen hervorgeht, die germanisti= schen Disciplinen in großem Umfang und bewies dabei, ausgerüstet mit der gründlichsten Sprachkenntnis, den redlichsten Eifer und die größte Gewissenhaftigkeit, aber die Gabe eines gewandten, fesselnden und eleganten Vortrags war ihm nicht verliehen, was man in seinen Vorträgen über deutsche Literaturgeschichte, in denen er das biblio= graphische Moment etwas stark hervortreten ließ, namentlich ver= misste. Die grammatisch = etymologische Auseinandersetzung wog viel= leicht bei allen seinen Vorlesungen in zu bedeutendem Maße vor ; denn bei der Erklärung von Schriftstellern war es zu sehr das einzelne Wort und seine Geschichte, auf das sein Augenmerk gerichtet war und was ihn zur Hervorhebung anderer Momente eigentlich gar nicht kommen ließ, ja ihn zu einem ästhetischen Urteile fast unfähig machte. Darum galt es erst sehr, sich an seine Behandlungsweise zu gewöhnen und über die Mängel seines Vortrags sich hinauszusetzen. Wer dieß ver= mochte, war aber sein treuer und dankbarer Schüler und verließ kein Collegium, ohne jedesmal viel neues gelernt und sich eingeprägt zu haben, da er auch das einmal Gesagte meist mehrmals wiederholte. Die Zahl seiner Zuhörer, unter denen sich häufig ältere, schon in irgend einem Lebensberuf stehende Männer befanden, ging bis zu seiner Be= rufung zum ordentlichen Professor selten über 10 hinaus, in der letzten Zeit seiner academischen Wirksamkeit, als Deutsch auch Gegenstand des Examens geworden war, stieg sie jedoch auch öfters bis über 20, was bei der geringeren Gesammtsumme der Studirenden seit 1866 eine hohe Zahl genannt werden muß.

Ganz hervorragend begabt und mit allen wünschenswerten Eigen= schaften ausgestattet war dagegen Weigand für die Lexicographie, und

biesem Gebiete gehörte in dem letzten Abschnitt seines Lebens auch vor=
zugsweise seine unermübliche Thätigkeit an. Wie fleißig er arbeitete,
geht aus einem Brief an Lorenz Diefenbach vom 6. März 1866 her=
vor, wo es heißt : Sie können mir glauben, dasz ich seit anfang
dieses jahres, ja den ganzen winter über äuszerst selten vor
mitternacht ins bett gekommen bin; meistens trafen mich noch
die späteren stunden am pulte. Wer am Grimm'schen wörterbuch arbeitet, heißt es in einem späteren Brief an benselben vom
28. Juni 1872, musz sich jeder andern arbeit begeben; der ist
gar sein eigner herr nicht mehr. Dennoch muste er sowol in Bezug
auf sein eignes als auch das Grimm'sche Wörterbuch häufig ben Vor=
wurf des langsamen Arbeitens über sich ergehen lassen. Unb fürwahr,
biesen Schein lub er auf sich. Sein eignes „kleines" Wörterbuch,
bas zuletzt zu einem breibänbigen Werk angewachsen war, erschien erst
vollenbet im Anfang bes Jahres 1871, unb vom Grimm'schen Wörter=
buch trat bie erste Lieferung von seiner Hanb 1866, bie zweite 1869,
bie britte 1871, bie vierte erst 1872 an's Licht ber Welt. Ein Grunb=
zug bes Weiganb'schen Arbeitens war aber bie peinlichste Gewissen=
haftigkeit unb musterhafteste Grünblichkeit. Nicht rasch Bänbe zu füllen,
um bamit Gelb zu verbienen ober vom großen Haufen gelobt zu wer=
ben, war's wornach er strebte, vielmehr war bas sein Grundsatz, nichts
in's Publicum ausgehen zu lassen, worüber er sich selbst nicht voll=
ständig klar geworben war unb wofür er nicht nach ben ihm zu Gebote
stehenden Mitteln ber Wissenschaft ganz glaubte einstehen zu können.
Unb barum gehört er zu ber Zahl ber zuverlässigen Gelehrten, an
benen Deutschland gegenwärtig gerabe keinen allzu großen Überfluß
haben bürfte. Wir lassen ihn am besten über seine eigne Arbeit sich
selbst aussprechen. In einem Briefe an ben mehrfach erwähnten
Lorenz Diefenbach (vom 4. März 1870) sagt er in Bezug auf sein
eignes Wörterbuch : Umfang der forschung und der arbeit für
dasselbe läszt sich auf den ersten blick nicht erkennen, wenigstens nicht gleich, und es sind ihrer im ganzen wenige, die in
dem knapp gehaltenen rahmen den vollen inhalt ein- und übersehen. dankbar und mit freude, freilich wehmüthiger freude,
gedenke ich hier der beiden Grimm, wie werth sie das buch
hielten und ermunterten. wie sich Jacob Grimm über die arbeit
in kurzen worten ausspricht, werde ich in der vorrede mittheilen.
auch das grosze deutsche wörterbuch wächst, und soll nach
beendigung meines buches erst recht wachsen, in

wie weit diesz die bald mehr bald minder schwierige
forschung zuläszt. über die arbeit an sich kann niemand
klar und richtig urteilen als wer darin steckt und sie gekostet
hat. von den schreiern über verzögerung, die die verhältnisse
gar nicht kennen, aber mit ihrem urteile, wie das in unserer
tagespresse heut zu tage üblich ist, dennoch gleich fertig sind,
hielte keiner ein vierteljahr aus, auch wenn sie wirklich das zeug
zur arbeit hätten. — Weiterhin sagt er : Wer da glaubt, es läge
alles schön vorbereitet da und man brauche blosz abzuschreiben,
ist in einem gewaltigen irrthume. was vorliegt, sind blosz aus-
geschriebne nhd. stellen als belege, aber diese reichen bei weitem
nicht aus, und es musten unsere älteren wie neueren nhd. schriftsteller gelesen und immer wieder gelesen, dazu jene stellen aufs
neue nachgesehen werden. ableitung, anordnung, begriffsbestimmungen u. s. w. sind rein sache des ausarbeitenden, ebenso bleibt
ihm aus dem goth., ahd., mhd., altsächs. u. s. w. zu schöpfen.
wenn auch für das F noch mancher zettel mit einer aufzeich-
nung aus dem mhd. von Jacob Grimms hand mir zu gut kommt,
so reicht das noch lange nicht aus. die beiden Brüder hatten
sammlungen für das mhd., die mir abgehen, und wie reich und
schön waren diese! — Und weiterhin : Ich habe auf die un-
kundigen und ungerechten beschuldigungen der blätter nichts
erwidert und werde es bei meiner ansicht von der heutigen
tagespresse auch künftig nicht thun, denn ich habe meine zeit
zu anderem nützlicherm zu brauchen. wenn die didaskalia bei
einer lieferung, die einen der schwierigsten artikel „für" brachte,
nichts weiter wuste, als mir einen cunctator ins gesicht zu
schleudern, so habe ich einer solchen jämmerlichkeit gegenüber
keine worte." Aber auch eine andere charakteristische Stelle aus einem
Briefe an benselben Freund vom 2. Feb. 1869 können wir uns nicht
enthalten mitzuteilen. Sie lautet : „Trotzdem dasz ich nun der
mühsamen und so viele zeit in anspruch nehmenden arbeiten
an der schule enthoben bin, stecke ich doch gewöhnlich tief genug in solchen an den wörterbüchern, und ausarbeitung und
correcturen führen oft verzögerung von anderem herbei. dazu
kommt dasz ich mich gar nicht selten bei den vorliegenden
aufgezeichneten stellen, für welche Jacob Grimm, dem die
bücher zur hand waren, nur kurz den verfasser oder den titel
und die seite citierte, ohne weiter auszuschreiben, anderswohin

wenden musz, mitunter vergeblich. so war unlängst „Robert
Pierot, der americanische freibeuter" weder in den bibliotheken
Berlins und Leipzigs, noch in denen Stuttgarts und Tübingens
aufzutreiben; erst von Weimar konnte ich ihn erhalten, von wo
mir ihn Reinhold Köhler zuschickte. anderes muste ich mir
selbst aus Innsbruck herbeischaffen. das alles nimmt nicht wenig
zeit weg. ich führe diesz nur an, um desto mehr bei Ihnen
auf entschuldigung wegen meiner säumnis hoffen zu können."
„Wenn ich nur früher hätte meine kraft der wissenschaft widmen
können, wie mir diesz seit einigen jahren möglich ist, wie viel
hätte ich fertig bringen wollen!" sagt er außerdem in einem andern
Brief an denselben vom 9. Febr. 1871.

Für das langsame Vorschreiten seiner Arbeit am Grimm'schen
Wörterbuch dürfen aber auch wol die großen gewaltigen Ereignisse
des Jahres 1870/71 etwas mit in Anschlag gebracht werden, die Wei=
gand doch auch nicht wenig in Anspruch nahmen, wenn er auch nicht
durch Verlust eines nahen Verwandten oder in sonstiger Weise direct
von denselben berührt wurde. Er, der in seiner frühesten Jugend die
Drangsal der napoleonischen Zeit zu Anfang dieses Jahrhunderts mit=
erlebt und von „Deutschlands tiefster Erniedrigung" in seinen ein=
fachen ländlichen Verhältnissen einst einen tiefen Eindruck erhalten,
der die Restauration, die Julirevolution, die Bewegung von 1848, die
Aufrichtung des zweiten napoleonischen Kaiserreichs miterlebt und end=
lich im Jahre 1866 die Vorboten neuer politischer Größe Deutschlands
geahnt hatte, wie hätte er angesichts der großartigen, umgestaltenden,
epochemachenden Waffenthaten des geeinten deutschen Volks im Kampf
mit dem übermütigen Erbfeind im Westen, gegen das Erstehen eines
neuen deutschen Reichs mit einem Hohenzollern an der Spitze
gleichgiltig bleiben können? Wir wollen hier aber auf Weigands
politische Anschauungen in dieser Zeit nicht weiter eingehen, son=
dern nur constatiren, daß der Mann, der deutsche Sprache und
Geschichte, Volkes Art und Sitte in seiner Entwicklung durch die
Jahrhunderte so genau kannte, von echt patriotischen Gefühlen beseelt
war und mit der Begeisterung eines Mannes, der die Träume seiner
Jugend erfüllt sieht, die anbrechende neue Zeit begrüßte. Während
der Kriegszeit im Sommer 1870 hielt er übrigens seine Vorlesungen über
das Ev. Matthäi im Hochd. des 9. Jahrh. wie über deutsche Syntax
und Wortbildung vom 4. Mai bis 26. Juli und las auch im Winter
1870/71 deutsche Grammatik und Geschichte der deutschen National=
literatur ohne Unterbrechung vom 12. Nov. bis 13. März.

In eben dieser Zeit, Frühjahr 1871, erschien, wie bemerkt, auch das letzte Heft seines Wörterbuchs, mit dem zur großen Freude aller Abonnenten das Ganze enblich vollendet vorlag, so daß sich jetzt Art und Umfang der Leistung vollständig übersehen ließ. Da es dasjenige seiner Werke ist, welches hauptsächlich seinen Namen weithin bekannt gemacht hat, so können wir es nicht umgehen, etwas länger bei ihm zu verweilen, um insbesondere auch dasjenige hervorzuheben, wodurch es sich von allen vorausgehenden und gleichzeitigen Unternehmungen charakteristisch unterscheidet und in mancher Hinsicht so epochemachend auf dem Gebiete der Lexicographie geworden ist. Letzteres ist freilich sowol in wissenschaftlichen als populären Zeitschriften und Tages= blättern in so ausgedehntem Maße schon ausgesprochen worden, daß es weitläufiger Auseinandersetzung darüber nicht bedarf, um so mehr als ja eine Kritik auch ganz außerhalb unserer Aufgabe liegt.

Zunächst bemerken wir, daß das vollendete Wörterbuch auch die ungeteilteste Freude im Kreise aller historisch gerichteten Fachgenossen Weigands und namentlich auch in der Lehrerwelt Deutschlands er= regte, welcher damit ein höchst wertvolles Unterrichtsmaterial geboten wurde. Jacob Grimm hatte in einem Brief vom 10. Dec. 1860 das Buch bekanntlich schon eine „grundehrliche, aus genauestem forschen hervorgegangene arbeit" genannt, und in ähn= licher Weise hatten sich Zuschriften in Briefen und Recensionen über einzelne der nach und nach erscheinenden Hefte, unter denen wir be= sonders auf die des „Literarischen Centralblatts" von 1853 an ver= weisen, aufs günstigste geäußert. Nach Vollendung des Ganzen aber, um das sich Männer, wie die Proff. Knobel († 1863), Bullers, Crecelius, die beiden gelehrten Brüder Dr. Heinr. Rumpf und Dr. Christian Rumpf, Prof. Hainebach, Dr. Franz Roth in Frankfurt a. M. u. A., teils durch Beiträge, teils durch mannigfache Hinweisungen und Bemühungen anderer Art verdient gemacht haben, wurden dem Verfasser Glückwünsche von den verschiedensten Seiten in den schmeichelhaftesten Ausdrücken zu Teil. Statt Vieler lassen wir hier nur Hoffmann von Fallersleben, den treuen Freund Weigands, der ihn, wie bemerkt, mehrmals in Gießen besuchte und öfter sein Gast war, hier zum Worte kommen. Derselbe schreibt ihm nach Empfang der letzten Hefte der ersten Auflage des Wörterbuchs von Schloß Corvey d. d. 14. Aug. 1872 : „Herzlichen Dank, lieber Freund, für Ihre herrliche, mir höchst willkommene Gabe! Ich freue mich Ihrer lebensfrischen, rastlosen, erfolgreichen Thätigkeit. Möge dieselbe noch lange, lange zu Ihrer und Ihrer Freunde Freude, zum Gedeihen der Wissenschaft und zum Segen des Vaterlandes grünen und blühen. Wie groß meine Teilnahme von jeher an Ihrem Wörterbuch war, wissen Sie, sie ist aber heute noch größer, weil meine Freude über den glänzenden Erfolg mit demselben gewachsen ist." Und als er den ersten Band der 2. Aufl. erhält, schreibt er, Schloß Corvey den 23. Sept. 1873 : Herzlichen Dank, verehrter Freund, für die sehr willkommene Sendung. Ich freue mich innig Ihrer herrlichen, erfolgreichen Thätigkeit und wünsche, daß Sie bei all Ihren Mühen im Sammeln, Lesen und Forschen nie ermüden, und zuletzt immer den schönsten Dank in dem erhebenden Gefühle finden : es gilt dem Vaterlande, tibi soli patria! Sobald der erste Band Ihres Wörterbuchs gebunden ist, werde ich ihn ebenso fleißig benutzen, wie die vorige Ausgabe, die mir so unentbehrlich geworden ist wie die Bibel. Heut und immer Ihr Hoffmann." — An seinem Geburtstag aber überrascht er ihn in demselben Jahr mit folgendem, in einer Anzahl gedruckter Exemplare ihm zugestellten Gedicht, das wir mitzuteilen uns nicht versagen können.

Zum 18. November 1873.

Was unser Volk gefühlt und gedacht
Hast Du als Wörterbuch gebracht,
Daraus hinfort sich jedermann
Beliebig Raths erholen kann;
Und schlägt er nach auch noch so oft,
Er findet immer, was er hofft:
Er findet der Sprache ganzen Hort
Darin verzeichnet, ein jedes Wort
Nach Form und Bedeutung in jeglicher Zeit
Und erklärt in gehöriger Deutlichkeit.
Du Weigand *), Kämpfer für Deutschlands Ruhm,
Für Deutschlands herrlichstes Eigenthum,
Empfang den Dank des Vaterlands,
Den immer grünen Eichenkranz!
Heerführer der deutschen Wörterschaar,
Heil Dir, Heil heut' und immerdar!

---

*) Anspielung auf mhd. wîgant = Krieger, Kämpfer, Held, altsächs. wîgand, angelsächs. vîgend.

Doch nicht blos solche, etwas enthusiastisch klingende Urteile und Aeußerungen dem Verfasser nahestehender, wenn auch zur Würdigung vollständig competenter Freunde sind über das Wörterbuch ergangen, es ist auch zum Gegenstand eingehendster wissenschaftlicher Kritik gemacht worden, die aber nur dazu beigetragen hat, Weigands große und wahrhafte Verdienste auf dem Felde der Lexicographie um so heller ins Licht zu stellen. Wir müssen hier in erster Linie an die umfangreiche Recension Rudolfs von Raumer in der Zeitschr. für die österreichischen Gymnasien von J. G. Seidl, H. Bonitz, J. Mozart, Zehnter Jahrg. 1859, 6. und 7. Heft, S. 625—630 erinnern, in der Weigand ein „gründlicher Kenner der germanischen Sprachen" genannt wird, dessen Kenntnis nicht blos eine sporadisch zusammengeraffte, wie man sie jetzt öfters finde, sondern eine solide, auf dem wirklichen Studium dieser Sprachen beruhende sei, und in der der Recensent keinen Anstand nimmt, das Wörterbuch in Bezug auf den historisch=etymologischen Teil wahrhaft musterhaft zu nennen, ohne übrigens bezüglich der Angabe und Entwickelung der Bedeutung der Wörter hier und da einzelne Mängel zu verschweigen. Weiterhin muß auf die noch eingehendere Beurteilung des Wörterbuchs (nach Vollendung des Ganzen) von Dr. Oskar Jänicke in Berlin [in der Zeitschrift für das Gymnasialwesen herausgegeben von H. Bonitz, R. Jakobs, P. Rühle, Berlin 1871, XXV. Jahrg. (neue Folge) II. Band, S. 743—757] hingewiesen werden, der ebenfalls in gründlichster Weise Weigands Leistung prüft und auf einzelne Versehen, Mängel und Irrthümer aufmerksam macht bzw. sie berichtigt oder ergänzt, aber sie ein Werk langer, sorgfältiger und gründlicher Forschung nennt, die der deutschen Wissenschaft zur Ehre gereiche und die weiteste Verbreitung verdiene, namentlich jedem Lehrer des Deutschen an Gymnasien und Realschulen zu alltäglichem Gebrauch zu Gebote stehen sollte, weil es „kein deutsches Wörterbuch gebe, dem sich jeder mit so gutem Gewissen anvertrauen könne, wie dem Weigand". Wie weit übrigens dieser selbst von der Meinung entfernt war, etwas vollkommen Tadel= und Mangelloses oder Unfehlbares geleistet zu haben, beweist die große Sorgfalt, Gewissenhaftigkeit und Genauigkeit, mit welcher er an der rasch folgenden weiteren Auflage von 1873 bis 1876, deren erster Band fast eine vollständige Umarbeitung erfuhr, sowie an der von 1877 bis 1878 die nachbessernde Hand anlegte, ihm bekannt gewordenes Irrthümliche berichtigte, auf Grund ihm fortwährend zugehender Beiträge von befreundeter Hand, z. B. auch von

einem Missionar in Indien, manche Artikel erweiterte und vervoll=
ständigte oder neu einfügte und nach jeder Richtung eine immer größere
Vollkommenheit zu erreichen beflissen war. Denn daß die Arbeit an
einem Wörterbuche der Natur der Sache nach endlos sei, wuste er
wol. Nur zu Dank verpflichtet fühlte er, dem „Ehrlichkeit und Ge=
nauigkeit der Forschung vor allem am Herzen lag", sich darum auch
Männern gegenüber, wie dem Gymnasial=Oberlehrer Dr. Gombert
zu Groß=Strelitz in Oberschlesien und Prof. Fedor Bech in Zeitz,
die, an sein Wörterbuch anknüpfend, manches in demselben Dargebotene
und Behauptete sorgfältiger Einzeluntersuchung unterzogen und dadurch
in den Stand gesetzt wurden, zu einer großen Reihe von Artikeln be=
richtigendes Material zu bieten oder auch auf hier und da Uebersehenes
aufmerksam zu machen. Der erstere that dieß in zwei Abhandlungen,
denen noch eine dritte folgen soll, in den Jahresberichten des Kgl.
Gymnasiums zu Groß=Strelitz für das Schuljahr 1875/1876 und das
von 1876/1877, unter dem Titel: „Bemerkungen und Er=
gänzungen zu Weigands deutschem Wörterbuch" und
neuerdings in einer sehr umfangreichen Anzeige der neuesten (3.) Aufl.
desselben im 4. Band S. 157—186 des Anzeigers für·deutsches
Alterthum und deutsche Litteratur, unter Mitwirkung von
K. Müllenhoff und Wilh. Scherer herausgegeben von Elias Stein=
meyer, Berlin, Weidmann 1878. Fedor Bech dagegen machte sich
um das Wörterbuch durch die reichen „Spenden zur Altersbe=
stimmung nhd. Wortformen" verdient, die er in der Germania von K.
Bartsch XVIII. Jahrg., S. 257—274 und XX. Jahrg., S. 31—51
(Wien 1875) bot und die von Weigand auch in umfassender Weise
benutzt wurden. Beiden Männern lag es dabei, indem sie an dem
„einzig in seiner Art" bastehenden Weigand'schen Buche eine Reihe
von Ungenauigkeiten und Versehen nachwiesen, ja sogar einige Un=
richtigkeiten aufdeckten, vollständig fern, die auch von ihnen hochge=
priesene Leistung im Ganzen kleinlich zu meistern; sie sind sich vielmehr
wol bewust, daß die völlig genügende Bewältigung eines so riesen=
haften Stoffs, wie ein Wörterbuch, und besonders ein solches wie das
Weigand'sche, ihn zu verarbeiten hat, weit über die Kräfte eines Mannes
hinausgeht und daß ihre Berichtigungen im einzelnen den guten und
wolverdienten Ruf des ganzen Werks in keiner Weise weder beein=
trächtigen können noch wollen. Wir können uns nicht enthalten, in
dieser Beziehung die Worte Gomberts am Schluß seiner Arbeit in
Steinmeyers Anzeiger hierher zu setzen. Am angeführten Ort S. 186

sagt er : „Wer sich einbildet, ich habe das buch herabsetzen und dem hochverdienten verf. in armseliger weise etwas am zeuge flicken wollen, hat den sinn meiner ausstellungen nicht verstanden. was bedarf es viel rühmens bei einem von den urteilsfähigen als gut und zuverlässig anerkannten werke? aber wie wir die liebsten menschen gern frei von allen flecken sehen, so möchten wir, die wir uns mit Weigands Wb. beschäftigen, dasselbe möglichst von unrichtigkeiten und ungenauigkeiten gesäubert wissen, und zu diesem zwecke mitzuwürken vermag auch derjenige, welcher, wie der schreiber dieser zeilen, sich deutlich bewust ist, von Weigand mehr gelernt zu haben als er ihn lehren kann".

Um der Wahrheit die Ehre zu geben, können wir jedoch auch nicht umhin, einen Recensenten hier namhaft zu machen, dessen tabelnde Kritik mehr von der Absicht, sich wegen der scharfen Urteile Weigands über seine eigne lexicographische Thätigkeit im Lit. Central=blatt von 1861 und 1873 zu rächen, als studio et amore elucidandae veritatis geleitet gewesen zu sein scheint. Wir meinen Herrn Dr. Daniel Sanders, den Verf. eines eignen Wörterbuchs in großem Style, der schon im Jahre 1854 in einer eignen Schrift „Programm eines neuen Wörterbuchs der deutschen Sprache, Leipzig J. J. Weber" in schnödester Weise gegen die Lexicographie der Brüder Grimm aufgetreten war und dafür von Weigand eine derbe Abfertigung erfahren hatte. Mit unverkennbarer Freude darüber, dem Gegner auch einmal etwas am Zeuge flicken zu können, weist dieser z. B. in Herrigs Archiv für das Studium der neueren Sprachen und Literaturen XV. Jahrg. 27. Bd., S. 228—234 und 28. Bd., S. 119 — 124 und vielleicht auch noch an anderen Stellen, gestützt auf seine allerdings nicht geringe Belesenheit in nhd. Schriftstellern, mit zahlreichen Citaten einzelne allzu bestimmte Behauptungen Weigands über den Sprachgebrauch bei verschiedenen Wörtern als nicht völlig stichhaltig nach, doch sind wir fest überzeugt, daß auch diese Ausstellungen nicht im Stande sein werden, das fast mit Einstimmigkeit über Weigands Arbeit gefällte günstige Gesammturteil irgendwie zu erschüttern. Verfehlte ja doch dieser auch selbst nicht von dem Gegner „mit seiner obenhin aus dem nhd. geschöpften kenntnis" (Brief an Lorenz Diefenbach vom 9. Februar 1871) zu lernen, ja auch wirkliche Verdienste desselben anzuerkennen *).

---

*) Bezüglich anderer uns augenblicklich erinnerlicher Urteile über Weigand als

Sollen wir nun kurz noch angeben, worin uns die Bedeutung des Weigand'schen Wörterbuchs in seinem Verhältnis zu andern Werken der Art und zugleich sein bleibendes Verdienst zu liegen scheint, so ist es Folgendes : Zunächst darf wol auf den Unterschied, der sich zwischen Weigand und andern nhd. Lexicographen, namentlich solchen, die weniger von wissenschaftlichem Standpunkte aus gearbeitet haben, bezüglich des von ihnen aufgeführten nhd. Sprachschatzes zeigt, hingedeutet werden. Weigand hat, von Fremdwörtern, landschaftlichen Ausdrücken und Eigennamen ganz abgesehen, eine Anzahl von Wörtern und Wortformen, namentlich solche aus der ältern Zeit der nhd. Sprachentwicklung herangezogen, die zur Zeit, als er zuerst schrieb, den damaligen Wörterbüchern mehr oder weniger ganz fehlten. Denn er hat nicht nur, soweit wir zu urteilen vermögen, die Gegenwart und das ihr vorhergehende Schiller- und Göthe-Zeitalter in den hervorragendsten Werken sorgfältig ausgebeutet, sondern ebenso auch das 17. und 16. Jahrh. bis auf Luther, dessen Bibelübersetzung ganz besonders musterhafte Berücksichtigung erfahren hat, wobei außerdem noch zu bemerken ist, daß von ihm überall die besten und zuverläßigsten Quellen zu Grunde gelegt worden sind. Damit aber nicht zufrieden, hat er auch eine Menge älterer handschriftlicher wie gedruckter Vocabulare und Glossare, geschriebene und gedruckte Urkunden, Chroniken, Manuscripte, Lesarten, Kirchenacten, alte und neue Dictionarien, Idiotiken und ähnliche Schriften zu Rate gezogen, nicht nur um das Vorhandensein und den Gebrauch, sondern auch das „erste Vorkommen" eines Worts möglichst sicher zu constatiren, und das alles mit einer Sorgfalt und Genauigkeit, wie es vielleicht bei manchen Partieen des großen Grimmschen Wörterbuchs, das ja sonst wegen des Großartigkeit seiner Anlage und Tendenz nicht zur Vergleichung herangezogen werden darf, nicht geschehen ist. Zugleich muß dabei noch auf die ebenfalls sehr

---

Lexicograph verweisen wir auf die Allg. Schulzeitung 1861, Nr. 20, S. 312 und ebenda 1869, Nr. 6, S. 44, auf den „Allg. lit. Anzeiger für das ev. Deutschld. Jahrg. 1871, die Weserzeitung 1876, Nr. 10190, das SonntagsBlatt der New-Yorker Staatszeitung vom 27. Jan. 1878, auf den (etwas überschwänglich gehaltenen) Aufsatz von Dr. Jütting in der Allg. deutschen Lehrerzeitung von A. Berthelt, 1879, Nr. 1, S. 3 ff. — wie auch auf die Encyklopädie, des philol. Studiums der neueren Sprachen von Dr. Bernh. Schmitz, Greifswald 1859, S. 8; die Leipziger Illustr. Zeitg. Nr. 1837 vom 14. Sept. 1878; endlich auf die Zeitschr. für Sprachvergl. Bd. VII (1858), S. 70—77.

fleißige und gründliche Beachtung der älteren deutschen Grammatiker und Lexicographen aufmerksam gemacht werden, durch welche neben dem Nachweis des ältesten Vorkommens einer Wortform auch deren älteste Bedeutung am sichersten dargethan wird, so daß die Behauptung, kein vorhandenes Wörterbuch von ähnlichem Umfang gebe so zuverläßige Auskunft über die Entstehung und Ausbildung des nhd. Sprachschatzes als das Weigands, als durchaus gerechtfertigt erscheinen muß. Durch rastlosen Fleiß und eindringende sinnige Spürkraft hat er darum für die neuere Lexicographie ein Fundament geschaffen, auf das nachfolgende Forscher, wenn sie auf den von ihm eröffneten Wegen gehen, noch manchen Baustein legen können, der zu immer größerer Vervoll= kommnung der deutschen Lexicographie beitragen muß. Waren doch selbst ergänzende Beiträge wie die obengenannten von Jänicke, Gombert und Bech eigentlich erst möglich, nachdem das Material so gesammelt und geordnet vorlag, wie Weigand es bietet. Seine Arbeit dürfte daher für lange Zeit hinaus wol auch eine grundlegende Bedeutung behalten, namentlich aber auch um der vortrefflichen historisch= etymologischen Basis willen, auf welche dieselbe gestellt ist. Als ein sehr gewissenhafter und besonnener Etymolog, der auf dem Gebiet der germanischen Sprachen die gründlichste Kenntnis besitzt und be= züglich der ausländischen den anerkanntesten Autoritäten folgt, hat er unter jedem der aufgeführten Wörter in gelehrten Auseinandersetzungen in etwas kleinerem Druck eine Geschichte jedes Worts, gleichviel ob ursprünglich deutsch oder entlehnt, gegeben und dabei nicht nur die verschiedenartigen Umgestaltungen und Wandelungen, welche die äußere Wortform von ihrer ältesten erreichbaren Urform an bis auf die Gegenwart herab erfahren hat, vorgeführt, sondern zugleich auch in knappster Form mit staunenswerter Fülle von Gelehrsamkeit, Scharf= sinn und feinem Sprachgefühl die allmählichen Uebergänge und Wechsel in den Bedeutungen entwickelt, so daß nicht nur die äußeren Laut= und Bildungsgesetze daraus sich erkennen lassen, sondern auch das an diese Sprachformen angeknüpfte geistige Leben unseres Volks aufs eindrucks= vollste zur Anschauung gebracht wird. Mit glücklicher Hand hat auf diese Weise Weigand ein Werk geschaffen, das gleicherweise dem Be= dürfnisse des Sprachgelehrten und des Mannes der Wissenschaft wie dem jedes Höhergebildeten, dessen Denken über den unmittelbar praktischen Gebrauch der Sprache hinaus geht, zu genügen im Stande ist, und das alles nicht in der Form eines trocknen, wenn auch zuverlässigen Nachschlagebuchs, sondern als ein sprachliches Repertorium, das auf

wahrhaft fesselnde Weise auch noch eine Fülle anderer namentlich
culturgeschichtlicher Kenntnisse mitteilt. Mit Recht darf man daher
wol dem Weigand'schen Wrtrb. das hohe Verdienst zuschreiben, daß es
die Resultate der neueren Wissenschaft für das große gebildete Publicum
in einer Weise verwertet und allgemein zugänglich gemacht hat, wie dieß
wol noch bei keinem unserer Nachbarvölker für seine Sprache geschehen ist,
und daß es dadurch bis jetzt schon ein tieferes Verständniß unserer Mutter=
sprache unter uns hat anbahnen helfen, als es manches andere grund=
gelehrte germanistische Werk zu thun vermochte. Wenn man darum
auch allen Ernstes ausgesprochen hat, daß es wie in keiner deutschen
Schulbibliothek, so auch in keinem höher gebildeten deutschen Hause
fehlen dürfe, ja wenn man ihm für zweifelhafte Fälle, namentlich be=
züglich der Orthographie, schiedsrichterliches Ansehen hat zuerkennen
wollen, so beweist das, wie sehr seither schon seine Bedeutung erkannt
worden ist. Daß eine immer größere Verbreitung desselben, nament=
lich aber auch eine billigere Ausgabe mit Weglassung des gelehrten
Apparats höchst wünschenswert ist, unterliegt uns keinem Zweifel.

Zur Schilderung von Weigands Thätigkeit in dem letzten Ab=
schnitt seines Lebens nun übergehend, haben wir nur wenig noch nach=
zutragen. Nachdem er im Jahre 1872 den Buchstaben F im Grimm=
schen Wörterbuch, an dem außer ihm und Dr. Hildebrand seit 1867
noch Dr. Moriz Heyne in Basel wacker mitarbeitete, vollendet
hatte, trat in seiner Arbeit für dasselbe eine Pause ein, während welcher
er nur für die spätere Bearbeitung des Buchstabens S umfassende Vor=
bereitungen traf. Doch dürfen wir hier auch seine schätzbaren Beiträge
zum mhd. Handwörterbuch von Dr. Matth. Lexer nicht unerwähnt
lassen, über welche dieser selbst in der Vorrede zum 1. Bd. und zur letzten
Lieferung 1878 anerkennend sich ausspricht. Weiterhin hielt er neben
seiner Arbeit, welche die 2. und bald die 3. Ausg. seines eignen Wörter=
buchs mit sich brachte, noch mehrere Vorträge in der Gesellschaft für
Wissenschaft und Kunst, z. B. am 2. Februar 1872 „Über Bürgers
Lenore", am 14. Juli 1873 „Über den Göttinger Hainbund", und am
19. Febr. 1875 „Über Max und Thecla" in Schillers Wallenstein und
verfaßte auch noch eine kleinere Arbeit über die Sprachstudien von
J. H. Voß, die in dem verdienstvollen Werke von Wilhelm Herbst
über J. H. Voß, Leipzig, Teubner 1872 bis 1874 in der II. Abth.
des 2. Bds., S. 251—264 Aufnahme gefunden hat, worüber Herbst
in der Vorrede bemerkt : Besonders dankenswerth wird dem
Literarhistoriker von Fach der Beitrag des Herrn Prof. Dr.

Weigand in Gießen über „Vosz den Germanisten" sein. Ich wiederhole auch hier dem verehrten Manne meinen aufrichtigen Dank für seine Mitarbeit. Da Weiganb ein Exemplar von J. Leonh. Frisch' Wörterbuch aus dem Nachlaß von Joh. Heinr. Voß, in dem reiche Randbemerkungen von des Letzteren eigner Hand sich fanden, besaß und mit Vossens Schriften wie überhaupt denen der Glieder des Hainbunds durch gründliches Studium von früh auf vertraut war, so erschien er auch besonders befähigt, desselben sprachwissenschaftliche Thätigkeit treffend zu charakterisiren und gründlich zu beurteilen. Unter den letzten literarischen Arbeiten Weigands darf aber auch die schöne warm und kräftig geschriebene Vorrede nicht unerwähnt bleiben, die er am 1. März 1877 zu der zweiten von Dr. Karl Frommann (am germanischen Museum in Nürnberg) mit so musterhafter Genauigkeit besorgte und mit des Verf. Nachträgen vermehrte Ausgabe von J. Anbr. Schmellers Bayerischem Wörterbuch, München bei Rub. Olbenbourg, verfaßte, und in der er ebenso wol seinem längst verstorbenen hochverehrten Freunde als sich selbst ein ehrendes Denkmal gesetzt hat.

Hocherfreulich waren aber auch ihm, dem selbstlosen Gelehrten, der an geistiger Arbeit seine herzinnige Freude und Befriedigung fand, in dieser letzten Zeit seines Lebens die Zeichen der Anerkennung, die ihm von den verschiedensten Seiten her zu Teil wurden. Fortwährende Besuche von Männern der Wissenschaft des In= und Auslandes, die er empfing (wir nennen unter Letzteren z. B. den berühmten holländischen Lexicographen d e V r i e s von Leyden und Prof. Heremans von Gent), Debicationen kleinerer Arbeiten jüngerer Männer, die mit seinem Namen geschmückt wurden [z. B. Dr. W. U. Jüttings, Gymnasiallehrers in Aurich (jetzt Seminardirectors in Erfurt) Biblisches Wörterbuch u. s. w. Leipzig, Teubner 1864; Theob. Bindewalds Oberhessisches Sagenbuch], Briefe und Zusendungen von Schriften bisweilen aus weiter Ferne, aus Ungarn, England, Schweden, Nordamerika, ja selbst aus Ostindien lieferten ihm den Beweis, daß er nicht nur im Vaterland, sondern auch von den Deutschen im fernsten Ausland anerkannt und geschätzt werde. Fühlte er sich dagegen in den letzten Jahren durch heftige Meinungskämpfe im academischen Senat bezüglich einzelner Organisationsfragen, bei denen er stets den conservativen Standpunkt vertrat, in seinem Gemüte auch manchmal verbittert und verletzt, so erhielt ihn die Aufmerksamkeit und der Bei= fall, den er von anderer Seite um so reichlicher erfuhr, auch bei zu=

nehmendem Alter geistig'frisch und schaffenslustig. Einem befreundeten Geistlichen, der ihm zu seinem 70. Geburtstage gratulirt hatte, schrieb er : Ich bin jetzt auf eine hohe staffel des menschlichen alters gestiegen, wenn auch noch nicht auf die höchste, die der psalmist nennt. Ob ich auch diese ersteige, steht in der hand dessen, dem ich immer vertraut habe. Dasz ich mich noch wie in jungen jahren fühle, ist seine gnade. Eins bedauerte er aber in diesen Tagen seines Alters stets, nämlich daß er noch nicht Zeit gefunden hatte, das am frühesten geplante und begonnene Werk seiner Jugend, „das Wetterauische Idioticon", für das er auch später immer noch mit Nachtragen von Wörtern und Wortformen thätig gewesen war und früh schon die lebhafte Erwartung der Fachgenossen erregt hatte (vgl. Allg. Schulztg. 1833, Nr. 50, am Ende), im Druck ausgehen zu lassen. Und eben so leid war es ihm, daß er „Lamprechts Tochter von Syon", dieses mhd. allegorische Gedicht von der Seele und ihrem himmlischen Bräutigam, das ihn ebenfalls schon mannigfach in Anspruch genommen, aus einer Gießener Handschrift, kritisch und exegetisch bearbeitet, noch nicht hatte herausgeben können. Es wäre zu bedauern, wenn das erstgenannte wetterauische Landschaftswörterbuch, dessen von Lorenz Diefenbach gelieferte Beiträge er diesem auf seinen Wunsch schon 1872 wieder zurück sandte, nicht wenigstens der Hauptsache nach, aus Weigands Nachlaß der Oeffentlichkeit übergeben werden könnte. Hoffentlich gelingt es, entgegenstehende Schwierigkeiten zu überwinden, damit es von der kundigen Hand des von dem Verf. hochgeschätzten Prof. Crecelius bearbeitet den dafür empfänglichen Kreisen zugänglich gemacht werden könne. Und ebenso steht zu wünschen, daß Prof. Weinhold, in dessen Hände die Vorarbeiten zur Tochter von Syon, so viel wir wissen, übergegangen sind, in der Lage sei, die von Weigand beabsichtigte Ausgabe des Büchleins zu besorgen.

Es bleibt uns nun noch übrig, · von Weigands letzter Krankheit und seinem Lebensende zu erzählen. Obgleich derselbe von Jugend auf keineswegs eine starke, kräftige Constitution besaß, so hatte er in den reiferen Jahren seines Lebens doch eine kräftige Gestalt und erfreute sich auch einer festen Gesundheit, die nur selten von unbedeutenderen Störungen, z. B. durch Gesichtsrose, Katarrh u. f. w. unterbrochen wurde. Die große Einfachheit und Regelmäßigkeit seiner Lebensweise und die notwendige Erholung, die er trotz seiner angestrengten Arbeit, wenn auch in dem letzten Jahrzehnt freilich nicht in dem Maße wie früher, immer sich gönnte, trugen zu diesem physischen

Wolbefinden gewis nicht wenig bei. Aber endlich sollte auch diesem Zustande ein Ziel gesetzt werden.

Nachdem er noch am 18. Nov. 1875, seinem Geburtstag, seinen Pathen und Neffen, den nachmaligen Großh. Oberförster Karl Weigand in Berfelden im Odenwald, der früher in seinen Schuljahren auch bei ihm gewohnt, in seinem Hause copulirt und an diesem Tage — ein seltenes Beispiel von Pflichttreue — gegen Abend auch noch wie sonst seine Vorlesung gehalten hatte, überfiel ihn kurz darauf die erste ernstliche Erkrankung, die ihn mehrere Wochen lang das Bett zu hüten zwang. Es war eine starke Beengung auf der Brust bei ihm eingetreten, von der er sich jedoch wieder so erholte, daß er seine begonnenen Collegien über Geschichte der deutschen National-Literatur bis 1720, das Ev. Matthäi aus Ulfilas, und die Erklärung ausgewählter Stücke aglf. Prosa und Poesie im neuen Jahr wieder fortsetzen konnte. Leider aber sah er sich das ganze Sommersemester 1876 hindurch in Folge einer Lungenaffection mit Blutbrechen genötigt, seine acabemische Lehrthätigkeit ganz zu sistiren. Nichts desto weniger wies er die Andeutungen seiner Angehörigen und Freunde nicht nur wegen dieses Uebelbefindens, sondern auch mit Rücksicht auf sein vorgeschrittenes Alter um Pensionirung nachzusuchen, mit Entrüstung zurück. Der von Jugend auf gewohnten und ihm lieb gewordenen Thätigkeit des Lehrens entsagen zu sollen, war ihm ein schrecklicher Gedanke, den er sich am liebsten vollständig fern hielt. Wirklich erholte er sich zum zweiten Mal, ohne einer Babecur sich zu unterwerfen, wie man es ihm vorschlug, unter der treuen und sorgsamen Pflege seiner Frau in dem Grade, daß er im Winter 1876 auf 1877 vom 22. Nov. bis zum 7. März seine Vorlesungen über deutsche Grammatik und das Ev. Matthäi im Hb. des 9. Jahrh. wieder aufnehmen und ohne erhebliche Unterbrechung zu Ende führen konnte. Und da er sich auch zu Anfang des Sommersemesters 1877 leiblich wol fühlte, so begann er am 25. April eine Vorlesung über Walther von der Vogelweide, am 27. April über Syntax der deutschen Sprache und am 1. Mai germanistische Uebungen, bei denen er angels. Lesestücke zu Grund legte. Aber schon zu Anfang Juli kehrte die oben erwähnte Brustkrankheit mit großer Heftigkeit wieder, so daß er die genannten Vorlesungen fallen lassen muste, wodurch er neben allgemeiner Teilnahme zugleich auch große Befürchtungen in Bezug auf sich rege machte. Doch unter der gewissenhaftesten Behandlung seines Hausarztes Dr. Schmidt und der sorgsamsten Pflege seiner Angehörigen erholte er sich auch diesmal wieder so, daß er im Beginn des Herbstes ziemlich wol auf war und mit gewohntem Fleiß seine wissenschaftliche Arbeit wieder aufnahm. Ja er würde sogar die vom 26—29. September zu Wiesbaden — dem Wohnorte seines Schwiegersohns — stattfindende Philologen-Versammlung besucht haben, wenn ihn die Rücksicht auf seine kaum erst erfolgte Wiedergenesung nicht davon abgehalten hätte. So richtete er nur an den Präsidenten der germanistischen Section jener Versammlung, Prof. Dr. Creizenach, einen Brief, in dem er seinem Bedauern, nicht erscheinen zu können, Ausdruck gab, aber auch über die damals lebhaft ventilirte Frage nach einer Vereinfachung der deutschen Orthographie gemäß den Beschlüssen der „Berliner Conferenz" seine Meinung aussprach und zugleich gegen eine Abstimmung in dieser Angelegenheit sich verwahrte. Der Verf. dieser Zeilen besuchte ihn um diese Zeit mehrmals und traf ihn, wie gewöhnlich, herzlich, munter und mitteilsam über Personen und Erlebnisse mannigfacher Art aus alter und neuer Zeit.

So sehr er aber auch gemahnt wurde, sich zu schonen und anstrengender geistiger Beschäftigung sich möglichst zu entschlagen, so konnte er es doch nicht über sich gewinnen, wenigstens eine der von ihm angezeigten Vorlesungen, nämlich die über deutsche Literatur im Winter 1877/78 zu halten, wie auch die im Sommer vorher abgebrochne Vorlesung „über deutsche Syntax" vom 26. Nov. bis 28. Jan. nachträglich zu Ende zu führen. Er hatte aber die erstgenannte Hauptvorlesung am 14. März 1878 kaum geschlossen, als ihn sein Brustleiden von neuem mit großer Heftigkeit befiel und von da an jede ernstliche Thätigkeit ihm unmöglich machte. Es war nach der Aussage seines Arztes eine Herzverfettung bei ihm eingetreten, die sich bald zu Herzbeutelwassersucht ausbildete. Vom Osterfeste an wurde er fast ganz bettlägerig und genötigt, jeder Art von Arbeit sich zu enthalten. Daß der an rege Beschäftigung von frühster Jugend auf gewöhnte Mann] in dieser Lage oft von Mißmuth und Verdrießlichkeit befallen wurde, wer wollte ihm das verdenken? Was ärztliche Kunst und aufopfernde Pflege der Angehörigen vermochte, wurde natürlich nicht gespart. Dennoch blieb Weigand der Gedanke an einen schlimmen Ausgang seiner Krankheit ganz fern, ja er gab sich sogar der trügerischen Hoffnung hin, mit dem beginnenden Sommersemester wieder den Katheder besteigen zu können. Doch es war im Rate der Vorsehung anders beschlossen. Lange und zähe widerstand seine gute Constitution der auflösenden Wirkung der unheilvollen Krankheit, denn nach Tagen tiefster Schwäche wurde es ihm sogar manchmal wieder möglich, sich

zu erheben und tagsüber einige Stunden außerhalb des Bettes zuzu-
bringen. Dieß war auch Sonntag den 30. Juni wieder der Fall.
Als Herr Buchhändler Ricker, der langjährige Freund und Verleger
Weigands, in deſſen Laden er immer ſo gern ein müßiges Stündchen
verplauderte, ihm da morgens zwiſchen 11 und 12 Uhr einen Be-
ſuch abſtattete, wurde er von dem Kranken freundlich empfangen,. der
wie ſonſt munter und an allem teilnehmend war und über mancherlei,
z. B. über die eben beendigte 3. Aufl. des Wörterbuchs, einen
aus demſelben zu veranſtaltenden kürzeren Auszug, wie auch andere
literariſche Pläne gegen ihn ſich ausſprach. Als Weigand dann nach
kurzer Mittagsruhe ſpäter nochmals ſich erhoben hatte und von einem
Gang in ein anderes Zimmer zurückkehrend, eben in einen Lehnſtuhl
ſich niederſetzen wollte, traf ihn plötzlich, ihm ſelbſt und allen den
Seinigen unverhofft, ein Herzſchlag, der ſeinem Leben augenblicklich,
zwiſchen 4 und 5 Uhr, ein Ende machte, ohne daß er ſeinen Angehörigen noch eine Mitteilung irgend welcher Art machen konnte.

Erſchütternd durchlief die Trauerkunde die Stadt, auf die man
bei dem bedenklichen Zuſtande der Krankheit zwar vorbereitet war, die
man aber trotzdem ſo bald ſchon zu vernehmen nicht erwartet hatte. Bei
der langjährigen und vielſeitigen öffentlichen Thätigkeit, die der Dahin-
geſchiedene in Gießen geübt, bei der herzgewinnenden Freundlichkeit
und Gefälligkeit, die er gegen Jedermann bewieſen und der großen
Biederkeit und Unbeſcholtenheit ſeines Charakters, durch die er die
größte Achtung ſich gewonnen hatte, war die Teilnahme an ſeinem
raſchen Hingange allgemein.

Wie die Todesnachricht im Kreiſe der Univerſitäts-Angehörigen
aufgenommen wurde, mag folgende Thatſache beweiſen. Montag den
1. Juli beging die ganze Univerſität, ſtatt wie früher den Geburtstag
des Landesherrn am 9. Juni zu feiern*), zum erſten Mal in feier-
licher Weiſe in der großen Aula den Tag ihrer einſtigen Stiftung
durch eine academiſche Rede ihres derzeitigen Rectors Prof. Dr.
Oncken, nach welcher die Prämiirung der von einzelnen Studirenden
gelöſten academiſchen Preisfragen und die Verkündigung neuer Auf-
gaben für das folgende Jahr ſtattfand. Als der Redner dieſen Obliegenheiten genügt hatte, richtete er an die zahlreiche, in tiefer Stille
zuhörende Verſammlung, ſichtlich bewegt und mit feierlich ernſtem

---

*) Da der Geburtstag des jetzigen Großherzogs Ludwig IV. in die Herbſt-
ferien fällt, mußte von dieſer Sitte abgegangen werden.

Ausbruck folgende Schlußworte, die wir hier mitzuteilen nicht unter-
lassen können: „Bevor ich schließe, erfülle ich eine schmerzliche Pflicht,
indem ich des schweren Verlustes gedenke, der die deutsche Wissenschaft
und unsere Hochschule betroffen hat. Unser ehrwürdiger, hoch-
verdienter Germanist, Dr. Karl Weigand, ist gestern Abend plötzlich gestorben. Eine Seele rein wie Gold, ein Gelehrter
von umfassendem Wissen und nie rastendem Fleiß, ein
College voll Liebe und Pflichttreue ist von uns ge-
schieden. Mitten in der Arbeit an dem großen nationalen Werke,
das die Gebrüder Grimm begründet haben, hat der Tod ihn ereilt.
Die nie ermüdende Beschäftigung mit dem Sprachschatz, d. h. mit dem
Seelenleben unseres Volks, hat ihn frisch, rüstig und thätig erhalten
bis zum letzten Augenblick, und dann ist er gestorben ohne Kampf und
Schmerz. Die allgemeine Liebe und Verehrung wird ihn zu Grabe
geleiten.“

Und so geschah es. Dienstag den 2. Juli, abends 6 Uhr, sammelte sich eine unübersehliche Menge Leidtragender, zu denen sich noch
Verwandte und Freunde von auswärts gesellt hatten, an der Wohnung
des Verstorbenen (dem Seipp'schen Hause in den Neuen Anlagen) —
die Universität mit Rector und Kanzler an der Spitze, sämmtliche
Professoren und Universitätsbeamten sowie Studenten in großer Zahl,
ferner Director und sämmtliche Lehrer der Realschule, die Collegen
vom Gymnasium und Lehrer der städtischen Schulen, der Bürgermeister
und verschiedene Vertreter der Stadtverordneten, viele Beamte und
Bürger — um dem allgemein geschätzten Mann die letzte Ehre zu er-
weisen. Als diese Trauerversammlung in lang gedehntem Zuge auf
dem Friedhofe angelangt war, hielt der langjährige College und Freund
des Verblichenen, der Geh. Kirchenrat und Professor der Theologie
Dr. Hesse, mit bewegter Stimme und oft zu wahrer Begeisterung
sich aufschwingenden Worten eine tief zu Herzen gehende Grabrede, in
der er, an das Wort Matth. 25, 21 „Ei, du frommer und getreuer
Knecht“ u. s. w. anknüpfend, wahr und zutreffend die wesentlichen Cha-
rakterzüge des Verewigten zusammenfaßte, die aus der vorausgehenden
biographischen Skizze dem Leser wol schon entgegengetreten sind oder
auch direct von uns angedeutet wurden.

Im Eingang wies der Redner zuerst darauf hin, daß mit Weigands Tod ein Edelstein aus der Krone der Ludoviciana gefallen sei
und daß man an seinem Grabe einen Verlust betraure, der weit über
Deutschlands Grenzen hinaus, aber auch in unserer Stadt tief em-

pfunden werde, wenn auch vielleicht manche von denen, die ihm im Leben begegneten, weil er so schlicht und einfach, so anspruchslos und ohne einen Schein der Ueberhebung unter uns sich bewegt habe, seine Bedeutung nicht recht erkannt und begriffen hätten. Dann pries er seine Verdienste als Mann der Wissenschaft und bezeichnete als Grundstimmung seines ganzen Wesens die Treue, die er gegen Gott und Menschen in den verschiedensten Lebenslagen und Berufsstellungen bewährt habe und zwar als ein in der Hauptsache selbstgemachter Mann von hoher Begabung und voll seltener Tugenden, über dessen Eingehen in die Freude seines Herrn man darum getröstet sein dürfe, wenn man auch noch nicht wisse, wie er ersetzt werden solle.

Nach dieser ergreifenden Rede empfahl dann Pfarrassistent Schöner in einem längeren Gebete die Seele des Verblichenen in seines Gottes und Erlösers Hand und endete durch das übliche breimalige Werfen von Erde auf den Sarg die ernste Leichenfeierlichkeit, von der wol jeder der Teilnehmenden den tiefen Eindruck mit hinwegnahm, daß an dem Grabe, das man umstanden, ein gar wol angewendetes und reichgesegnetes Leben seinen Abschluß gefunden habe.

Weigand hinterließ eine sehr wertvolle germanistische Bibliothek, die manche sehr seltene Werke, (z. B. Bal. Ickelsamers „Teütsche Grammatica" 1. Aufl. u. Sebastian Helber's Teutsches Syllabierbüchlein [v. 1593] — beide unica —) enthielt, unter denen die lexicographische Literatur älterer und neuerer Zeit, wie sich von selbst versteht, besonders gut vertreten war. Mit großer Umsicht hatte er stets die günstige Gelegenheit zu erspähen gewußt, um, meist auf antiquarischem Weg, das ihm notwendige literarische Material sich zu verschaffen und die Lücken in seiner eigenen Büchersammlung zu ergänzen. Sehr erwünscht wäre es gewesen, wenn die von ihm zusammengebrachten Bücherschätze ungetrennt der Bibliothek der Universität hätten einverleibt werden können, zu deren Zierden er so lange Zeit gehört hatte. Da es dazu nicht kommen konnte, so sind sie durch Kauf in den Besitz des Buchhändlers und Antiquars Kerler in Ulm übergegangen, der es wol verstehen wird, die wertvollsten der darunter befindlichen Werke in Hände zu bringen, in denen sie vor Abhandenkommen oder Vernichtung bewahrt bleiben.

Am Schluß unserer Arbeit angekommen, erlauben wir uns nur noch dieß kurze Wort: Wir sind froh, daß wir Weigand den unsern nennen dürfen. Gehörte er auch nicht zu den Männern von epochemachender, bahnbrechender Bedeutung, wie ein Jacob Grimm, Franz Bopp, Friedrich Diez auf dem Gebiete der Sprachforschung, so wandelte er doch in ihrem Geist und auf den von ihnen eröffneten Bahnen und ist zugleich ein leuchtendes Beispiel dafür, wie weit ein befähigter Mensch auch unter weniger günstigen Umständen es bringen kann, wenn er dem in ihn gelegten Drang mit beharrlichem Fleiß und sittlicher Energie folgt und von dem als richtig erkannten Weg weder zur Rechten, noch zur Linken abweicht. Mit Genugthuung und Stolz reihen wir ihn in zweiter Linie jenen genannten hessischen Männern an, mit denen gleich edles Streben, die Tiefen des Sprachgeistes zu erfassen, und die gleiche Liebe zum deut= schen Volk und der Sinn für Deutschlands Ehre und Größe ihn verbindet. Er war einer jener soliden Forscher, auf deren Schultern die jetzt lebende Generation der deutschen Sprachgelehrten steht, und mögen auch später vielleicht andere Bahnen der Forschung und Untersuchung eingeschlagen werden, andere Ansichten über die Betreibung der germa= nistischen Studien sich geltend machen und andere Werke an die Stelle der jetzt vorzugsweise gepriesenen treten, uns ist nicht zweifelhaft, daß dem Germanisten Weigand, dessen Name so leuchtend in die Annalen deutscher Sprachwissenschaft eingegraben ist, auf lange Zeiten hinaus im deutschen Volke das ehrenvollste und dankbarste Andenken gesichert bleibt. Möchte es vornämlich in unserer Stadt und in seinem engern hessischen Vaterland, zu dessen besten Männern er gerechnet werden darf, nie erlöschen!

„Swër an rëhte güete,
wendet sîn gemüete,
dem volget sælde und êre.“

Hartmans v. d. Aue Iwein I.

Beilage*).

a. Beiträge in der Allgemeinen Schulzeitung
von
Dr. theol. Ernst Zimmermann, Hofprediger
zu Darmstadt.

Jahrgang 1828. In Nr. 103, Sp. 822, Anfragen über masleibig, Brechräthsel und Ulane.

In Nr. 138, Sp. 1100, Beitrag zur deutschen Synonymik (Aufbrechen und Erbrechen).

Jahrgang 1829. In Nr. 51, Sp. 405, Kleine Bemerkungen zu Herlings Grundregeln des deutschen Styls. Zweite Ausgabe.

In Nr. 94, Sp. 749 ff. Nachträgliche Bemerkungen zu Hrn. Prof. Schwenck's Probe eines etymologischen Wörterbuchs der deutschen Sprache (besprochen werden die Wörter: Bachstelze, bickelhart, Eiternessel, Eichhörnchen, Heze, Hochzeit, Ergetzen — mit Rücksicht auf die Aufsätze von P. L. in Nr. 27, 28 u. 29 d. Allg. Schulztg. v. 1829).

In Nr. 99, Sp. 785—88, Beitrag zur deutschen Synonymik (Insel und Eiland).

In Nr. 112, Sp. 889 ff., Beitrag zur deutschen Synonymik (Busen, Bucht, Bai).

In Nr. 151, Sp. 1201 ff. Sprachbemerkungen. Erste Folge (über Heze, Hain, Heim, Ham, Hamm, Han, Hagen).

In Nr. 153, Sp. 1217 ff. Sprachbemerkungen. Zweite Folge (über widerspenstig, Grenel, Glut und Blüte, tz und zt, die Nachsilbe „in" oder „inn", „miß" oder „mis", unpäßlich, reiten und reuten).

---

*) Indem wir durch nachfolgende übersichtliche Aufzählung von Weigands Beiträgen zu verschiedenartigen Blättern dessen schriftstellerische Thätigkeit neben seinen lexicographischen Arbeiten anschaulich darzulegen versuchen, bemerken wir zugleich, daß wir für absolute Vollständigkeit keineswegs einstehen, daß wir aber auch nichts Wesentliches übersehen zu haben glauben.

Jahrgang 1830. In Nr. 45, Sp. 355—358, Beitrag zur deutschen Synonymik (Fortsetzung — „außer und ausgenommen").

In Nr. 77, Sp. 615 und 616, Sprachbemerkungen [über Kümmelspalter (χυμινοπρίστης) und andere Ausdrücke für Geizhals; Dasselbigkeit (Identität); zween, zwo, zwei; sich verandern und erandern (= verheiraten und erheiraten); Ratonkuchen].

In Nr. 102, Sp. 814 ff., Beitrag zur deutschen Synonymik (In-, Zu-, Auf-).

Jahrgang 1831. In Nr. 28, Sp. 219—221, Über „Als und Wie, und Als wie" (der richtige Gebrauch dieser Partikeln mit Belegen).

In Nr. 100, Sp. 793—797, Einiges über die doppelte Verneinung in der deutschen Sprache (mit Belegen).

In Nr. 138, Sp. 1100—1102, Zusatz zu der Abhandlung über die doppelte Verneinung in der deutschen Sprache.

In Nr. 139, Sp. 1108 bis 1110, Masleib und Masleibig.

Jahrgang 1832. Nr. 14, Sp. 109 ff. Berichtigung (Zu Allg. Schulztg 1831, Abth. 1, Nr. 100) — bezüglich des Aufsatzes über die doppelte Verneinung in der deutschen Sprache.

In Nr. 57, Sp. 449 ff. Auch eine Bemerkung zur deutschen Sprache als Rechtfertigung (gegen „eine Bemerkung zur deutschen Sprache" in Nr. 12 d. Allg. Schulztg, Sp. 92 ff. von Hrn. Ewich in Barmen gerichtet, der gegen die historische Behandlung des Deutschen sich ausgesprochen hatte und von Anfang bis zu Ende tadelnd gegen Weigand verfahren war. Dieser weist den Tadler, der vor lauter Sprachphilosophie nicht zu sehen scheint, daß sein Wissen hinsichtlich der deutschen Sprachwissenschaft alles Grundes mangelt, scharf zurecht).

In Nr. 75, Sp. 100, Anfrage (Bret und Brezel).

In Nr. 81, Sp. 641—648 und Nr. 82, Sp. 648—652 „Versuch einer allgemeinen deutschen Synonymik in einem kritisch-philosoph. Wörterbuch der sinnverwandten Wörter der hochdeutschen Mundart von Joh. Aug. Eberhard und Joh. Gebh. Ehrenreich Maaß, 3. Ausg., fortgesetzt und herausgegeben von J. G. Gruber (1.—6. Band nebst Registern und Nachträgen)" — Recension.

In Nr. 138, Sp. 1097 ff. Zu den Anfragen in der Allg. Schulzeitung, Abth. 1, 1832, Nr. 89, Sp. 712 (über die Negation nach „hindern, sich hüten und warnen", über die Declination von „Jemand und Niemand" u. a. Wörter: Brezel, Meer, Labsal, Ganstersche).

In Nr. 148, Sp. 1177, Bemerkung zur Allgem. Schulztg 1829, Abth. 1, Nr. 94 (über Bachstelze — das Starzebeinchen der Wetterau — Eichhorn und Issel = glimmende Asche).

Jahrgang 1833. In Nr. 18, Sp. 151 ff., Samiren (= fingen, im Heldenbuch).

In Nr. 50, Sp. 401 ff., Dirmen und Dirmung (= destinare, determinare).

In Nr. 80, Sp. 643—48. Was versteht Luther unter Sündflut? (sinvluot), ausführliche Abhandlung.

In Nr. 131, Sp. 1065 ff., „Bei" mit dem vierten Fall ist kein Fehler.

In Nr. 152, Sp. 1241 ff., Abfertigung des Hrn. Ewich (vgl. Allg. Schulztg 1833, Nr. 53, Sp. 425 ff.) — abermalige scharfe Zurück= weisung.

Jahrgang 1834. In Nr. 25, Sp. 203 ff., Zur deutschen Synonymik (Unter — Nieder).

In Nr. 40, Sp. 324 ff., Man schreibe Spazieren, aber Regiren.

In Nr. 94, Sp. 769 f. und Nr. 95, Sp. 777—781, Kurzes deutsches Wörterbuch für Etymologie, Synonymik und Orthographie von Fried= rich Schmitthenner, 1. Aufl., Darmstadt, G. Jonghaus 1834 — Re= cension. (Vgl. Jahrg. 1839, Nr. 8, Sp. 68.)

Jahrg. 1835. In Nr. 7, Sp. 60 f., Dieß, dies, bis oder biß?

In Nr. 78, Sp. 625 ff. und Nr. 79, Grammatik der mecklen= burg. plattdeutschen Mundart von J. G. C. Ritter, cand. theol. Rostock und Schwerin, Stiller'sche Hofbuchh. 1832 — Recension.

In Nr. 115, Sp. 923—926, Lautverwandtschaften deutscher Sprache durch latein. u. franz. Wörter unterschieden. Als Bei= trag zu vergleichender Sprachkunde 2c. herausg. von Dr. Friedr. Erdmann Petri, Gießen, Heyer Vater — Recension.

In Nr. 154, Sp. 1241 ff., Rechen — Zeichenkunst? oder Rech= nen — Zeichenkunst?

Jahrgang 1836. In Nr. 61, Sp. 489 ff. und Nr. 62, Sp. 497 ff., Die Schreib= arten biß und bieß vertheidigt (gegen Hrn. Kirchenrath Lorberg in Göttingen, f. Allg. Schulztg 1836, Nr. 4).

In Nr. 114, Sp. 918, Leitfaden beim Unterricht in der Natur= lehre, Naturgeschichte, Geschichte und deutschen Sprache 2c. von Paulus Müller, Freiprediger 2c. zu Darmstadt. Darmstadt 1836 bei G. Jong= haus — Recension.

In Nr. 131, Sp. 1053 ff. Zu dem Aufsatze: „Die Schreibarten biß und bieß vertheidigt" (kleine Zusätze und Nachträge).

Jahrgang 1837. In Nr. 7, Sp. 49, Woher die Namen Germane und Sachse?

In Nr. 21, Sp. 169 f. und Nr. 22, Sp. 177, Lehrbuch der deut= schen Geschichte. Von Friedr. Schmitthenner. 2. Aufl. Kassel 1836.

In Nr. 78, Sp. 633 ff., Die Eröffnung der Großh. Realschule zu Gießen am 28. April — Correspondenz (?).

In Nr. 114, Sp. 921 f., in Nr. 115, Sp. 929 und Nr. 116, Sp. 937, Neue Sprach= und Redeschule der Deutschen zum Schul= und Selbstunterricht. Fünfte Ausgabe der neuen deutschen Sprachlehre von Dr. Theod. Heinsius. 3 Theile. Leipzig, Fleischer, 1833. (Schärfere Beleuchtung aus dem Standpunkte der neueren deutschen Sprachforschung — namentlich wird der erste Teil als hinter den Forderungen und Fortschritten der Zeit zurückgeblieben bezeichnet — Becker's, Grimm's und Schmitthenner's Werke als höchst bedeutende Erscheinungen der Zeit entgegengestellt.)

7

Jahrgang 1838. In Nr. 43, S. 345f., Kurzes deutsches Wörterbuch für Etymologie, Synonymik und Orthographie. Von Friedr. Schmitthenner. 2. Aufl. Darmstadt 1837 — Recension.

In Nr. 77, Sp. 625—627, Ob gescheib, gescheit, gescheibt oder geschent?

In Nr. 96, Sp. 777, Beleuchtung der Äußerungen von Fr. Thiersch über das Schulwesen im Großh. Hessen (wahrscheinlich von Wgb.).

In Nr. 131, Sp. 1070ff. und Nr. 132, Sp. 1076ff., Deutsche Sprachlehre für Schulen von Joh. Heinr. Ruth, Frankfurt a. M. 1834 — Recension.

In Nr. 149, Sp. 1214, Nachlese zu Eberhards synonymischem Wörterbuch „Abzwecken — Bezwecken" — ganz kurze Notizen.

In Nr. 150, Sp. 1224, Correspondenz aus Gießen über die erste Denkschrift des Predigerseminars zu Friedberg (höchst wahrscheinlich v. Weigand).

Jahrgang 1839. In Nr. 8, Sp. 67f., Ob schneiben oder schnitt die älteste Form!

In Nr. 18, Sp. 151f., Zu „Zeichenlehrer oder Zeichnenlehrer?" (mit Bezug auf Jahrg. 1838, Nr. 148, Sp. 1206 b. Allg. Schulztg).

Jahrgang 1840. In Nr. 114, Sp. 932ff. Neues Jahrbuch der Berlinischen Gesellschaft für deutsche Sprache und Alterthumskunde 2c., herausg. v. Friedr. Heinr. von der Hagen. 3. Bb. (Abbildung von 2 Nibelungenhandschriften enthaltend.) Berlin, Herm. Schultze 1839 — Anzeige.

Jahrgang 1841. In Nr. 115, Sp. 974, Neuestes wort- und facherklärendes Verteutschungswörterbuch aller jener aus fremden Sprachen entlehnten Wörter, Ausdrücke und Redensarten, welche die Teutschen bis jetzt in Schriften und Büchern sowol als in der Umgangssprache noch immer unentbehrlich und unersetzlich gehalten haben — — von Joh. Gottfr. Sommer. 5. verb. u. verm. Aufl. Prag, J. G. Calve 1839.

Jahrgang 1842. In Nr. 119, Sp. 969f., Deutsche Schulgrammatik. Höherer Kursus von Ernst Innocenz Hauschild, Dr. phil. 2c. Leipzig 1841.

In Nr. 174, Sp. 1421ff., Die deutsche Sprachlehre als Denklehre für die Volksschule. Von Joseph Propst, Pfr. in Dorneck. Basel, Schweighäuser'sche Buchh. 1842.

Jahrgang 1843. In Nr. 38, Sp. 311. Denkmale des Mittelalters. St. Gallens alteutsche Sprachschätze. Gesammelt u. hsg. von Hattemer, Prof. a. d. Kantonsschule zu St. Gallen, 1 Bd., 1 Lief. (köstliche und unentbehrliche Quelle für die Studien des deutschen Sprachforschers).

In Nr. 56, Sp. 453f. Über das „s" in Religionsunterricht, Lectionsplan 2c. Hat Hr. Wilh. Heyer (Pfr. in Wiesed) Recht oder Johannes? (Ein launiger Brief über den Compositions-Consonant „s").

In Nr. 110, Sp. 910ff., Darf in den Vergangenheiten des Passivs worden wegbleiben oder nicht?

Jahrgang 1844. In Nr. 29, Sp. 233 ff., Grammatik der neuhd. Sprache
nach Jacob Grimms deutscher Grammatik bearbeitet von Jos.
Kehrein, Lehrer am Gymnasium zu Mainz, 2. Theil, Syntax. Leipzig,
O. Wigand 1842 — ebenda auch: Methode des deutschen Stylunterrichts,
Bern, Dalp 1843.

In Nr. 30, Sp. 241. Naturkunde der sprachlaute darstellend das
wörterbuch der deutschen sprache nach lauten und begriffen natur-
wissenschaftlich begründet und geordnet von Dr. Christ. Gott.
Tschirschnitz, Breslau, A. Schulz & Comp. (nicht ohne Geist geschrieben — aber eine Naturphilosophie in der Sprachforschung, unerleuchtet
von der Geschichte, kann zu keiner Wahrheit in der Wissenschaft führen).

In Nr. 31, Sp. 249ff., Übungsstoffe zur Beförderung des Sprachver-
ständnisses und der Sprachfertigkeit ꝛc. von L. Kellner, Seminarlehrer,
Eisleben, G. Reichardt 1843.

Jahrgang 1845. Nr. 18, Sp. 148ff. und Nr. 19, Sp. 156ff. Deutsches Lesebuch in Poesie und Prosa ꝛc. In drei Cursen herausgegeben von
Dr. Friedrich Zimmermann, Gymnasiallehrer in Büdingen. Darmstadt, G. Jonghaus 1843.

In Nr. 45, Sp. 367f. Die Entwicklung der deutschen Sprache vom
4. Jahrh. her bis auf unsere Zeit. Ein Beitrag zur deutschen Phonologie.
Von Max Wocher, Prof. am ob. Gymnasium zu Ehingen ꝛc. Ulm,
Wohler'sche Buchh. 1843.

In Nr. 69, Sp. 556f. Leitfaden beim Unterricht in der Naturlehre,
Geographie, Naturgeschichte, Geschichte und deutschen Sprache von Paulus
Müller, Freiprediger ꝛc. 3. Aufl. Darmstadt, G. Jonghaus 1844 (vgl.
Jahrg. 1836, Nr. 114).

In Nr. 95, Sp. 766f. St. Gallen's altteutsche Sprachschätze. Gesammelt u. herausg. von Heinr. Hattemer in Biel.
Ir Bd. St. Gallen, Scheitlin & Zollikofer 1844.

In Nr. 97, Sp. 777—784, Deutsche Sprachlehre. Eine vollständige Anleitung zur Erlernung der deutschen Sprache, nach den Grund-
sätzen der neueren Sprachbehandlung. Für Schulen ꝛc. von Michael
Desaga, Hauptlehrer ꝛc. zu Heidelberg. 7. Aufl. Frankfurt a. M., H. L.
Brönner 1843.

In Nr. 99, Sp. 793ff., Grammatik der neuhochd. Sprache
nach Jac. Grimms deutscher Grammatik bearbeitet von Joh. Kehrein,
Lehrer am Gymnasium zu Mainz, Ir Theil, 2. Abth. Wortbildungslehre,
Leipzig, O. Wigand 1844.

Jahrgang 1846. In 154, Sp. 1250, „Erziehungsstoffe ꝛc. von J. Fölsing,
Darmstadt 1846" und „Der Schreib- und Leseschüler in der Elementarclasse
der Volksschule, Friedberg i. W. 1846" — kurze Anzeige.

In Nr. 165, Sp. 1341f., „J. J. Welcker (Lehrer zu Herborn) Beitrag zur Einleitung eines Läuterungsprocesses für unsere
popularisirende Grammatik in ihrer jetzt vorherrschenden Richtung,
Gießen 1846" — Anzeige — gegen Wurst's Sprachdenklehre gerichtet.

7 *

In Nr. 193, Sp. 1567, Joseph Kehrein (Prorector in Hadamar) Scenen aus dem Nibelungenlied zum Gebrauch b. d. Unterricht in der mhd. Sprache mit Anm. u. Wörterb. versehen. Wiesbaden 1846. — Recension.

Jahrgang 1847. Nr. 102, Sp. 836—839, Vergleichendes Wörterbuch der gothischen Sprache von Dr. Lorenz Diefenbach, mehr. gel. Gesellsch. Mitglied. I Bd. Frankfurt a. M., J. D. Sauerländer 1846. In Nr. 164, Sp. 1341 f. Aeltere noch ungedruckte deutsche Sprachdenkmale relig. Inhalts hsg. von Franz Karl Grieshaber, Prof. am Lyceum in Rastatt. Rastatt 1842.

Jahrgang 1848. In Nr. 4, Sp. 35f. H. Bobe, Wörterbuch der deutschen Synonymen 2c., Leipzig 1847. Recension. (Das Buch wird scharf mitgenommen als Beispiel von Buchmacherei, welche sich durch empfehlende Titelerklärung und Herabsetzung Anderer breit zu machen sucht.)

In Nr. 5, Sp. 45, H. F. Massmann, Gedrängtes ahd. Wörterbuch oder vollständiger Index zu Graffs ahd. Sprachschatz, Berlin, Nicolai 1846 — Recension.

In Nr. 11, Sp. 94ff., „J. Fölfing und C. F. Lauckharb, Pädagogische Bilder", Essen, Bädeker 1847. Anzeige.

In Nr. 104, Sp. 841, „Lohn des Lehrers. Klagen aus dem 17. Jahrh." Aus den Schriften von J. B. Schuppius, Hamburg 1663.

In Nr. 108, Sp. 877f., „A. Lübben, Der Nibelunge not, in fortlaufendem auszuge zunächst für die schule zusammengestellt, Oldenburg, Schulze 1847" — Anzeige — und ebenda, Sp. 880, „G. Herold, Vade mecum für Latein Lernende, Nürnberg 1848" (ganz kurze Bemerkungen).

Jahrgang 1849. In Nr. 65, Sp. 523ff. Allgemeine deutsche Volks- und Jugendbibliothek, herausgegeben von einer Gesellschaft von Gelehrten, Volks- und Jugendschriftstellern, IX. Section, deutsche Nationalliteratur von Dr. W. Zimmermann, Stuttgart, Verlagsbüreau 1846 — und ebenda Sp. 526f., C. J. Saupe (Subconrector zu Gera), Handbuch der poetischen Literatur der Deutschen von Haller bis auf die neueste Zeit, Leipzig, Wigand 1848 — Anzeige.

In Nr. 142, Sp. 1145—1152 und Nr. 143, Sp. 1153 und 54, Karl Ferd. Beckers Schulgrammatik der deutschen Sprache, 6. Ausg., Frankfurt a. M., Kettembeil 1848 (ausführliche Recension, die Beckers Verdienste auf dem Gebiete der Syntax anerkennt, vom sprachgeschichtlichen Standpunkte aus aber mancherlei Berichtigungen bringt).

In Nr. 152, Sp. 1225—1230. F. E. Petri (Consist.-Rath zu Fulda), Sinnverwandtschaften der deutschen Sprache mit gedrängten Beispielen und von vielen Belegen begleitet, Sondershausen, Eupel, 1847 — (Recension, die Vollständigkeit und Schärfe in Angabe der Begriffsverschiedenheiten vermißt wie auch bezüglich der Feinheit und Schattirung der Begriffe und die Anführung von Belegstellen für mangelhaft und ungenau erklärt).

Jahrgang 1850. In Nr. 8, Sp. 65—72, Dr. K. Bernhardi, Sprachkarte von Deutschland entworfen und erläutert, 2. Aufl., unter Mitwirkung des Verfassers besorgt und vervollständigt von Dr. med. Wilh. Stricker, Kassel, Bohne 1849 — (eine ausführliche lesenswerthe Anzeige, die sich auch über den Werth und die Herbeiziehung der Volksmundarten für den Unterricht im Hochdeutschen in Volksschulen verbreitet).

In Nr. 98, Sp. 789—792, Jos. Kehrein (Prof. am Gymnasium zu Hadamar) Proben der deutschen Poesie und Prosa vom 4. Jahrh. bis in die 1. Hälfte des 18. Jahrh., 1. Theil (4.—5. Jahrh.). Jena, Mauke 1849.

In Nr. 110, Sp. 886—888, Joh. Wilh. Schäfer (ordentlicher Lehrer an der Hauptschule in Bremen) Grundriß der Geschichte der deutschen Literatur, 5. verb. Aufl. Bremen, Geisler 1850 (im ganzen anerkennende Anzeige).

In Nr. 167, Sp. 1337—39, W. Wackernagel, Pompeji, öffentlicher Vortrag, gehalten zu Basel im Namen der antiquar. Gesellschaft am 27. Oct. 1849. Basel, Schweighäuser 1849.

Jahrgang 1851. In Nr. 51, Sp. 441—447, Dr. Heinr. Weismann, Alexander, Gedicht des 12. Jahrh. vom Pfaffen Lamprecht, Urtext und Übersetzung nebst geschichtlichen und sprachlichen Erläuterungen ꝛc., Frankfurt a. M., lit. Anstalt 1850 — (eine tüchtige Arbeit nach Weigands gründlicher Beleuchtung).

In Nr. 87, Sp. 748f., G. J. Zoller, Handbuch lautverwandter Wörter aus der deutschen Sprache, versehen mit einem reichhaltigen Stoffe sowol zur Erlangung der Fertigkeit eines leichten, richtigen und bestimmten Ausdrucks als auch zu geistreichen Dictirübungen in Volksschulen (nach Weigand keine gründliche Arbeit — das Buch mit den „geistreichen Dictirübungen" läßt sich auf eigentliches Sprachstudium gar nicht ein).

Jahrgang 1852. In Nr. 142, Sp. 1217 und 18, Sprichwort oder Sprüchwort? Zu Allg. Schulztg. 1852, Nr. 115, Sp. 998 (gegen einen Recensenten des deutschen Wörterbuchs der Brüder Grimm, dem es räthselhaft, warum Beide Sprichwort und nicht Sprüchwort schreiben).

b. Beiträge Weigands zur Allgemeinen Kirchenzeitung
von Dr. Ernst Zimmermann.

Jahrgang 1841. Nr. 167, Sp. 1380—1382. Johann Agricolas (des Zeitgenossen Luthers und Melanchthons), Deutsche Sprichwörter (750 an der Zahl).

Jahrgang 1843. Nr. 95, Sp. 785—87. Woher der Name Gründonnerstag? (dies viridium = Antlaßtag, Tag für die der Sünde Abgethanen, die gebüßt haben, und wieder in die Gemeinschaft der Kirche aufgenommen sind).

Jahrgang 1844. Nr. 118, Sp. 772—74, (Zwei) Urtheile Jacob Grimms über Luthers Sprache und Bibelübersetzung.

Jahrgang 1845. Nr. 148, Sp. 1261, Der Protestantismus ist echt deutsch
(b. h. deutscher Art angemessen). Mitteilung einer Stelle aus der Vorrede
zu der 1844 erschienenen 2. Ausg. von J. Grimms deutscher Mythologie,
S. XLIII — veranlaßt durch das Auftreten der hist. polit. Blätter zu
München und verwandter Zeitschriften gegen den Protestantismus.

c. Beiträge zum Theologischen Literaturblatt
der Allg. Kirchenzeitung.

Jahrgang 1847. Nr. 21, Sp. 180—184, Rub. v. Raumer (Dr. phil., Privatdocent in Erlangen), Die Einwirkung des Christenthums auf die
althochd. Sprache. Ein Beitrag zur Geschichte der deutschen Kirche,
Stuttgart, Liesching 1845. Recension — (ein Werk, das neben Anerkennung
heischender Gründlichkeit in philosophischer wie theologischer Hinsicht eine an-
ziehende Fassung hat, der Sprachkunde aber nur nebenbei zu Gute kommt
— ein erster Wurf, dem aber Auszeichnung gebührt).

In Nr. 77, Sp. 641ff. Friedr. Pfeiffer, Deutsche Mystiker
des vierzehnten Jahrhunderts, Erster Bd., Herm. v. Fritslar,
Nicolaus v. Strasburg, David v. Augsburg, Leipzig, G. J. Göschen 1845
(fesselnd geschriebene Recension mit trefflichen Worten über die lange genug
schmählich verkannte deutsche Predigt des Mittelalters).

d. Beiträge Weigands zur Großherzoglich Hessischen
(jetzt Darmstädter) Zeitung.

Jahrgang 1842. Nr. 360, S. 1751. Dr. Erasmus Alberus Wörterbuch.
Ein interessantes Denkmal vaterländischer Geschichte und Sprache.
Jahrgang 1843. Nr. 2, S. 7, Vaterländische Geschichte. Die Hexen-
processe zu Lindheim. [Zugleich eine Anzeige von O. Glaubrechts
(R. Öser's) „Schreckensjahre von Lindheim", Beitrag zur Sittengeschichte
des 17. Jahrh. Hanau, König 1843.]
Jahrgang 1844. Nr. 347, S. 1791. Eine Verordnung Philipps des
Großmüthigen in Betreff des Neuen Testaments (durch Fran-
ciscus Roth in Marburg gedruckt).
Jahrgang 1845. Nr. 97, S. 512. Altdeutsche Handschriften der Universitätsbibliothek zu Gießen, insbesondere eine altnieder-
ländische (die kostbare Pergamenthandschrift von Hartmans Iwein,
die Pergamenthandschrift von Bruder Lamprechts Tochter von Syon
— des lieben Kristes büechelîn — und zwei umfangreiche Bruchstücke
eines mittelniederl. Gedichts aus dem Sagenkreis Karls des Großen, von
Dr. Jonckbloet im Haag herausgegeben).

In Nr. 185, S. 1027 u. 28. Beitrag zu einer Geschichte der Benutzung der handschriftlichen Schätze der Gießener Universitätsbibliothek zu wissenschaftlichen Zwecken. In Nr. 165, Sp. 911. Vaterländische Literatur. Leichenpredigten (im ganzen 11) auf den König Gustav Adolf (1632 und 1633 in verschiedenen deutschen Städten gehalten), herausg. von Christ. Bonhard, Stadtpfarrer zu Gießen. Gießen, G. F. Heyer 1845 — Anzeige.

e. Beiträge Weigands in der Zeitschrift für deutsches Alterthum herausgegeben von Moriz Haupt.

Band V (vom Jahr 1845), S. 514—564, Marien Himmelfahrt (aus der vom Ende des 13. Jahrh. stammenden Handschrift 876 der Universitätsbibliothek zu Gießen mitgeteilt. Die ersten 144 Verse befinden sich schon in den Neuen Jahrbüchern der Berlinischen Gesellschaft für deutsche Sprache 4, 148).

Bb VI (vom Jahr 1848), S. 393—97. Zweite Handschrift von Grieshaber's altd. Predigten.

Ferner: S. 478—484. Marienlieder (mitteld.). Aus der Pergamenthandschrift 878 der Universitätsbibliothek Gießen.

S. 484—487. Einige mitteldeutsche Wörter.

S. 487 und 488. Segensformeln, aus der Papierhandschrift 100 der Universitätsbibliothek Gießen.

S. 531 und 532. Weinhauszeichen (herausgegeben aus einer Pergamenthandschrift des 14. Jahrhunderts aus dem ehem. Kloster Altenberg bei Wetzlar).

Bb VII (vom Jahr 1849, S. 442—448. Altmitteldeutsche Evangelien-Harmonie (Bruchstück mit Vorrede, am 18. Sept. 1848 in der Bibliothek des Predigerseminars zu Friedberg i. W. gefunden und Jacob Grimm zum 4. Jan. 1849 gewidmet; in Müllenhoff's und Scherers Denkmälern „Christ und Antichrist" genannt).

S. 545—556: Über das Friedberger Passionsspiel (Ordnungsbuch eines Passionsspiels ungefähr im Jahre 1821 in der Sakristei der Stadtkirche zu Friedberg entdeckt).

S. 556. Zu (Jacob Grimms) Grammatik 3, 680 — eine Bemerkung.

S. 557 u. 558. Zu (Jacob Grimms) Grammatik 4, 15 anm.

Bb VIII (vom Jahr 1851), S. 258—274. Zur altmitteldeutschen Evangelien-Harmonie (vollständiger Abdruck des 1849 nur unvollständig mitgeteilten Textfragments mit Vorrede und Einleitung).

Bb IX (vom Jahr 1853), S. 166 und 167. Zu Marien Himmelfahrt (mit Bezug auf die obengenannte Mitteilung in der Haupt'schen Zeitschrift Bb V, S. 515—564).

Bb IX von 1853, S. 167—175. Sprüche von Hans Rosenblut.

S. 186—191. Untergegangene Handschrift von Wolframs Willehalm (aus bem 18. Jahrh. stammend und durch Vermittelung des Geh. Archivars Baur aus bem gräflichen Archiv zu Erbach im Odenwald mitgeteilt).

S. 388—398. Nomina lignorum avium piscium herbarum. Mit beutschen Glossen aus ber Frankfurter Handschrift.

Bb X von 1856, S. 142—146. Zu den Nibelungen. Bruchstück des Verzeichnisses der aventiuren aus einer HS. der Nibelunge (der Pergamentumschlag eines „Ackerbuchs" von 1540, das aus einem Mainzer Klosterarchiv in das Großh. Staatsarchiv überging und von Hrn. Archivar Baur aufgefunden wurde — wichtig, weil sich aus biesen Inhaltsangaben ergibt, baß hier eine ganz andere Gestalt ber Nibelungensage von bebeutendem Umfang zu Grund liegt als bie bekannten).

Bb XI von 1859, S. 176. Zu nomina lignorum — Bemerkungen zu bem früheren Abbruck ber Frankfurter Glossen in Zeitschrift IX, S. 388—398.

S. 176. Berichtigung zu bd. IX, p. 172 u. 173 (eine von Bartsch herausgegebene Dichtung betr.).

Bb XV von 1872, S. 506—510. Büdinger Bruchstücke der Erlösung (Bd X, p. 273 ff. mitgeteilt — von Crecelius mit anberen Handschriften in bem fürstl. Ysenburg. alten Archiv bes Schlosses zu Büdingen aufgefunden).

f. Beiträge Weigands zu bem seit bem Jahre 1833 erscheinenden „Intelligenzblatt für bie Provinz Oberhessen" im Allgemeinen, ben Kreis Friedberg und bie angrenzenden Bezirke im Besondern (Friedberg, C. Bindernagel).

Jahrgang 1839. Nr. 26, S. 190 f., „Steinfurt".

Nr. 28, S. 203: Wetterauer carmen eroticum b. i. Dwet läibche vom Bräuem fürsch Aunlist.

Nr. 35, S. 244, Wetterauer Nachrichten aus bem 30 jähr. Krieg aus ben Kirchenbüchern mehrerer Ortschaften ber Wetterau (Bingenheim, Dauernheim, Nibba, Echzell) aus ber Zeit von 1635 mitgeteilt.

Ebenda, S. 245: D'r Läiwesabschibb — Gebicht in Wetterauer Munbart — „No, abjehs, läib Geallschnittche".

Jahrgang 1840. Nr. 6, 33, D's Männche uff'm Aß, E Berzehling, Gebicht in Wetterauer Munbart.

Jahrgang 1842. Nr. 15, S. 63 f., D's Läibche von ber Wearrerah.

Nr. 66, S. 294, Der wilde Ochse in Deutschland (über ūr und wisent, bie beiden wilben Ochsenarten in ihrem Unterschieb vom Büffel).

In Nr. 67, S. 298, Ausbleiben ber Nibba und Erbbeben im Jahr 1610 (ganz kurze Notiz, einem alten Buch entnommen).

Jahrgang 1843, Nr. 15, S. 57, Der Broil (Brühl) zu Staden (eine Wiese ze den Staden = an den Ufern der Nidba und die sich daran knüpfende Gerechtsame; brogilus = Brühl, Sumpfwiese).

In Nr. 22, S. 93, Vertreibung der Protestanten zn Ober-Ursel (interessante Notiz auf dem hintern weißen Blatt einer Einbandsdecke von Sebast. Francks Chronila).

Jahrgang 1844. Nr. 6, S. 22. Wetterauer Sagen. I. Die Sage von dem Schiffloch bei Unterflorstadt (aus dem Mund alter Leute).

In Nr. 18, S. 69, Altenstadt (Etymologie des Ortsnamens und das Märkergeding daselbst).

In Nr. 23, S. 89. II. Die Sage, wie die drei Ortsnamen Olarben, Großkarben und Kleinkarben entstanden find.

In Nr. 24, S. 94f. Wie Einer einen Advokaten überlistet als hätt' ihn der Advocat das selbst gelehrt. Aus Jörg Wickrams Rollwagenbüchlein vom Jahr 1555.

In Nr. 33, S. 129ff. Zwei Sagen von Gelnhausen. (Aus dem Munde von Weigands Großvater, der sich um 1760 in Gelnhausen aufhielt.)

In Nr. 47, S. 185. III. Die Sage von dem Einhof (einem Gemeinbegebäude) bei Staden (zwischen Staden und Untermockstadt).

In Nr. 53, S. 209, D's Ammiche, mein Schätzi (sorgfältiger Wiederabdruck des schon 1830 verfaßten Gedichts, weil die in vielen Händen befindlichen Abschriften davon mitunter fehlerhaft waren).

In Nr 54, S. 214: Wie Einer vom Gicht an den Füßen geheilt wird und hat dazu keinen Doctor gebraucht. Nach Jörg Wickrams Rollwageubüchlein.

In Nr. 89, S. 354. Auf die Anfrage in Nr. 84 über das Soldatenlied (in Schillers „Wallensteins Lager"): „Es leben die Soldaten! Der Bauer gibt den Braten 2c., vgl. Nr. 96 von 1844, S. 381.

In Nr. 95, S. 378. Orthographie wetterauischer Wörter: der Groppen, die gülbne Schnitte, die Üssel, verandern, die Wet, das Hünkel, der Glückel, der Al oder Aal (d. h. Zwinger oder Winkel zwischen Gebäuden).

Jahrgang 1845. Nr. 6, S. 22 (Fortsetzung von Nr. 95, 1844). Orthographie wetterauischer Wörter: Die Ahne oder Brechahne, Urschwinge, die Urschlechten oder Urschlächten, nräß und uräßen.

Nr. 8, S. 30, Das Göthe-Schiller'sche Soldatenlied (f. 1844, Nr. 89).

Nr. 9, S. 34. Wetterauische Wörter: die Mane, der Schappel, der Kugelhopf, der Gälzenleichter, der Gärgelsack.

Nr. 13, S. 49f., Für etwaige Auswanderungsluftige nach Brasilien — Warnung.

Nr. 14, S. 54, Das Ausgehen der Dörfer Helmanshausen und Kleinaltenstadt (sucht auf Grund des Altenstädter Markweisthums von 1485 nachzuweisen, daß die beiden nicht im 30jähr. Krieg, sondern zwischen 1400 und 1485 ausgingen).

In Nr. 17, S. 65. Wetterauische Wörter: der Günter, der Grusel, der Pfrün, der Wieche oder Wiechen, das Augengleff.

In Nr. 18, S. 70. Formul, wie das Märckergebing zu Altenstadt in der Wetterau gehegt worden ist.

In Nr. 43, S. 172. Wetterauische Wörter: heint, der Höhrauch statt Hei-rauch, die Schalte.

In Nr. 45, S. 178. Wetterauische Wörter: wandern, der Zelte (Art Kuchen), das Golicht, der Schluri.

In Nr. 52, S. 208. Wetterauische Wörter: die Beunde (geschlossenes Ackerland) und Beunde (= Backtisch), der Butzeman, der Diebhenker, der Säuzagel, die Specke (= Knüppelbrücke), rizeroth, die Wollenbrust, fleien.

In Nr. 61, S. 243, Fortsetzung: der Pfärrner, peischen (peisen).

In Nr. 75, S. 300. Zwei Examina. 1. Wie einer das Examen nicht bestand. 2. Wie einer das Examen sinnreich bestand — nach Joh. Balth. Schupps Schrifften, Hamburg 1663 mitgeteilt.

In Nr. 76, S. 303. Wetterauische Wörter: pfeeschen, die Landwuhr.

In Nr. 80, S. 320. Einiges über Ulrichstein (mit Beziehung auf einen Aufsatz in Nr. 71, S. 283 von 1845, in dem eine Etymologie der Ortsnamen gegeben war, die nach Kenntnis der alten Sprache unmöglich).

In Nr. 81, S. 324. Der unerwartete Freund in der Noth. (Erzählung nach J. Balth. Schupps Schriften, mit einer kurzen biograph. Notiz über Schupp).

In Nr. 81, S. 325. Wetterauische Wörter: steipen, Steiper, Donzel.

In Nr. 82, S. 328. Oberursel im Jahr 1550, Mitteilung einer poet. Stelle aus Erasmus Alberus Buch von der Tugend und Weisheit (S. 210 und 211).

In Nr. 83, S. 322. Der Ulrich = Wehesein zum Erbrechen (Entstehung des Ausdrucks).

In Nr. 91, S. 364f. Noch Einiges über Ulrichstein (scharfe Abfertigung Hrn. Römhelds in Nr. 86, S. 344f. von 1845).

In Nr. 100, S. 400: Die ausgegangenen Dörfer Birx (Birchisheim) und Appelshausen (Oppelshausen, Abbolineshûsen) — im ehemal. Gericht Staden.

Jahrgang 1846. In Nr. 10, S. 37f. Rechnungsexempel eines Studenten und die Probe des Vaters darauf (Scherz).

In Nr. 11, S. 41. Was bedeutet der Ortsname Bilbel? (Velavilre, Felwila).

In Nr. 26, S. 101. Wetterauische Wörter: der Sömber

(sumbir, Simmer), bas Thun (ds doun = fallende Sucht), bas Schla-
maffel (exclamatium, schiamazzo).

In Nr. 37, S. 149. Erklärung ber Ortsnamen Söbel unb
Schzell.

In Nr. 55, S. 222. Peter uff'm Kirschefest — Gedicht in Wetterauer Mundart : „Aich woar b'r etzt emol so klou
Uff's Wällche hinsegihn —"

In Nr. 61, S. 247. Orthographie wetterauischer Wörter :
ber Kelch, Kalch, Kalk (= Doppelbart), die Anke (= Nacken), die Lumbe
(Bube), ber Reihen, die Dorsche, die Laufel, die Leicht (= Leichenbegängniß),
bas Leicht (= Sarg), die Trene (langfame Person), ber Grat, bas Schien,
grützegrau, Hermen (Hirnren, Rufname bes Ziegenbocks), Fem. Hetz, Hitz.

In Nr. 62, S. 251. Zur Geschichte bes Branntweintrinkens
(Zeit feines Auffommens); ebenba, S. 252, Lich (kurze Notiz).

In Nr. 73, S. 295 unb Nr. 74, S. 300. Jubenwörter in ber
Wetteran (gebeutet) : ber zores, plete gehn, pegern, schibes gehn,
schofel, schmus, dibbern, oren (auern), benschen — ber sechel, ber
stusz, ber schote, meschuge, broges, kanuff, dalles, gascht, ganfen,
scheker, bacher, rêwach.

In Nr. 84, S. 339. Wetterauer Ortsnamen (welche mit Manns-
namen zusammengesetzt sind) : Ober- unb Niebérwöllstabt, Jlbenstabt
(Elwinstat), Bübesheim, Ortenberg, Arnsburg, Kolnhaufen, Griebel.

Jahrgang 1847. Nr. 2, S. 6. Wetterauer Ortsnamen : Ober- unb Nieber-
mörle, Bockenheim, Birklar, Bellersheim, Muschenheim.

In Nr. 12, S. 46. Wetterauer Sagen : IV. Der Rauborn unb
ber Güldenborn bei Dauernheim. V. Der wilben Frau Gestühls auf bem
hohen Berge.

In Nr. 14, S. 53. VI. Das Feuerchen am Wingertsberg bei Staben.
VII. Der wilbe Jäger bei Staben.

In Nr. 37, S. 152. VIII. Die gelbtragenben Schwämme (Sage).

In Nr. 51, S. 210. IX. Regen als Beweis ber Unschulb (Sage).

In Nr. 88, S. 376. X. Better Metz (Sage, an ben Pfarrgarten zu
Gambach sich anknüpfend).

In Nr. 100, S. 428. Der Osterstein bei Gambach (wahrscheinlich eine ehemalige Opferstätte aus ber Heibenzeit — auf bie Verehrung
ber altbeutschen Göttin Ostars beutenb — ostarûnstein (f. Grimms Myth.
2. Ausg., S. 267f. unb 740).

In Nr. 101, S. 432. Pohlheim (Pâlheim) — wahrscheinlich aus-
gegangener Ort zwischen Oberflorstabt, Staben unb Stammheim.

Jahrgang 1850, Nr. 30, S. 119. Zur Ortsgeschichte ber Wetterau, Kaiser-
licher Freiheitsbrief für Florstabt (von Kaiser Karl IV. 1365 an Gerlach,
Hrn. von Limburg für Florstabt in beutscher Sprache ausgefertigt).

g. Beiträge Weigands in andern Blättern.

In: Wöchentliche Unterhaltungen. Extra-Beilage zum Frankfurter Journal, Jahrg. 1830, Nr. 1 : „D's Ammiche, mein Schätzi" (erster Druck dieses Volksliebs in Wetterauer Munbart).

In der Dibaskalia, Jahrg. 1834, Nr. 243 Romanze; in Nr. 298 Dreifilbige Charabe; in Nr. 314 Novemberlied; in Nr. 347 Zweifilbige Charabe. Jahrg. 1835, in Nr. 54 Blumenbenkmal..

In dem Frankfurter Conversationsblatt. Belletristische Beilage zur Ober-postamtszeitung, Jahrg. 1850, Nr. 174, S. 695 : Jägerlied. Wetter-auer Volkslied aus der Nibbergegend zwischen Bübingen unb Staben (mit-geteilt aus O. Glaubrechts Erzählung „Der Zigeuner").

In: Das Vaterland, Zeitschrift für Unterhaltung, Literatur unb öffentliches Leben, Darmstadt bei G. Jonghaus 1846, Nr. 146, S. 584 : Das Oster-wasser (eine mythologische Abhanblung).

In: Joh. Matthias Firmenich-Richartz Germaniens Völkerstimmen, Samm-lung der beutschen Munbarten in Dichtungen, Sagen, Möhrchen, Volks-liebern 2c., Berlin bei Schlefinger 1846, Bb II, S. 96—102 :

1. D's Ammiche, mai(n) Schätzi,
2. Hannes eann Mableene,
3. D's Läibche vo(n) b'r Wearreraa,
4. Sagen aus der Umgegenb von Staben in der Wetterau,
5. Kinderliebchen unb Kinberreime.

In Bb III in der Munbart von Florstabt a. b. Nibba zwischen Bü-bingen unb Friebberg in der Wetterau, S. 558—563 : D'r Fuhrman, (köstliche Prosa-) Erzählung aus bem Munbe bes Volks aufgezeichnet von Prof. Weiganb (vgl. auch Zeitschrift für beutsche Mythologie unb Sitten-kunbe von Dr. J. W. Wolf unb Dr. W. Mannharbt III. Bb, I. Heft, Göttingen 1855).

Einige der Wetterauer munbartlichen Dichtungen fanben auch Aufnahme in Dr. J. Marbachs hessischem Dichterbuch, Friebberg, C. Scriba 1857, S. 147—156, unb H. Künzels Geschichte von Hessen.

Im „Archiv für hessische Geschichte unb Alterthumskunbe", herausgegeben aus ben Schriften bes historischen Vereins für bas Großh. Hessen von Ludwig Baur, Großh. Hess. Geh. Archivar, Bb VII, II. Heft 1853, X, S. 241—332 : Oberhessische Ortsnamen von Prof. Dr. Weiganb — bazu „Zusätze unb Berichtigungen" ebenba X, S. 567—569.

Auch in „Wolfs Hessische Sagen" finben sich Beiträge, bie zum Teil aus bem Oberhess. Intelligenzblatt in bieselben übergegangen sinb, z. B. 21, S. 16; 66, S. 45; 79, S. 51; 83, S. 54; 150, S. 102; 180, S. 116; 181, S. 117 unb S. 204; 206, S. 131; 207, S. 131f.; 213, S. 133f.

h. Recensionen in Zarncke's Literarischem Centralblatt.

Jahrgang 1854. Nr. 48, Sp. 764. Förstemann, Dr. Ernst, bibliothecar und lehrer zu Wernigerode, altdeutsches Namenbuch I. Bd. Personennamen, 1. Lieferung : A — Athan. Nordhausen, Förstemann 1854.

Jahrgang 1856. Nr. 45, Sp. 716 u. 717. Dasselbe, nach Erscheinen des I. Bandes, Nordhausen 1856.

Jahrgang 1860. Nr. 20, S. 312—315. Wurm, Christ. Friedr. Ludwig Dr., Wörterbuch der deutschen Sprache von der Druckerfindung bis zum heutigen Tage, I. Bd, 1.—6. Lieferung, Freiburg i. Br., Herder 1858, 960 S. (Eine sarkastische und wahrhaft vernichtende Kritik über den Plan, dem Grimm'schen Wörterbuch ein noch umfangreicheres anderes entgegenzustellen und zwar von Seiten eines Mannes, der, nach Weigand, noch nicht einmal das ABC der deutschen Grammatik kannte, und in seiner Unwissenheit und Verworrenheit die großartigsten Schnitzer aller Art sich zu Schulden kommen ließ. Wol mit in Folge dieses öffentlichen Urteiles wurde das Werk nicht weiter fortgesetzt.)

Jahrgang 1861. Nr. 21, Sp. 341—345. Sanders, Dan. Dr., Wörterbuch der deutschen Sprache. Mit Belegen von Luther bis auf die Gegenwart. 1. Bd. A — K. Leipzig, O. Wigand 1860. Eine ebenso scharfe Abfertigung des Mannes, der 1854 gegen Grimm „Programm eines neuen Wörterbuchs der deutschen Sprache", Leipzig, J. J. Weber, schrieb, voll von ungerechtfertigten Ausfällen gegen den Schöpfer der deutschen Philologie. (Trotz zahlreicher pomphafter Anzeigen von Seiten unwissender Recensenten spricht Weigand dem Verfasser „voll Anmaßung und Hohlheit" bis zur Ausarbeitung eines solchen Werkes nötigen Sprachkenntnisse und andere Qualitäten ab.)

Jahrgang 1868. Nr. 41, Sp. 1114—16. Bech, Fedor, Beiträge zu Vilmars Idioticon von Kurhessen. Zeitz 1868. (Eine schöne willkommene Gabe im Osterprogramm des Stiftsgymnasiums zu Zeitz aus reichen sorgfältigen Sammlungen und gewissenhafter Forschung hervorgegangen).

Jahrgang 1869. Nr. 40, Sp. 1176 ff. Schmellers, J. Andreas, Bayerisches Wörterbuch, zweite mit b. Verf. Nachträgen verm. Ausgabe, bearbeitet von G. H. Frommann. Lieferung 1—3. München 1869.

Jahrgang 1870. Nr. 50, Sp. 1339f. Bindewald, Theob., Neue Sammlung von Volkssagen aus dem Vogelsberg und seiner nächsten Umgebung, dem Volksmunde nacherzählt (aus dem 12. Bd des Archivs für hessische Geschichte und Alterthumskunde) — anerkennend beurteilt.

Jahrgang 1873. Nr. 28, Sp. 885. Bindewald, Theob., Oberhessisches Sagenbuch. Aus dem Volksmunde gesammelt. Neue verm. Ausgabe, Frankfurt a. M. 1872. (Die frühere Sammlung ist um 48 neue Sagen vermehrt.)

Jahrgang 1873. In Nr. 29, Sp. 912—914. S a n d e r s , Daniel Dr., Wörterbuch deutscher Synonymen. Hamburg, Hoffmann u. Campe 1872.
(Auch hier wird die wahrhaft erbärmliche Kenntnis der deutschen Sprache
am Verfasser scharf getadelt — das etymologische Babel, das sich im Buche
breit macht — die Mangel- und Fehlerhaftigkeit der Anordnung und Ausführung — die wenig scharfe Fassung der Begriffe rc.)
In Nr. 32, Sp. 1012, S c h m e l l e r s , J. A., Bayerisches Wörterbuch,
zweite Ausgabe — kurze Anzeige von Lieferung 1—7.

i. Recensionen in Dr. Magers Pädagogischer Revue.

8. Band, Jahrg. 1844, S. 145—50 : Anfangsgründe der deutschen Grammatik
von Dr. A. F. C. B i l m a r , Marburg 1841; Mittelhochdeutsche Grammatik
von K. A. H a h n , 1. Abth., Frankfurt a. M. 1843, und Übungen zur mittelhochdeutschen Grammatik von K. A. H a h n , Frankfurt a. M. 1843.

Ebenda, S. 500 : Dër wërlte lôn von Kuonrât von Wirzeburc,
herausg. von F r a n z R o t h , Frankfurt a. M. 1843.

Eine fernere Recension Weigands findet sich in der :
Allgemeinen Forst- und Jagdzeitung, herausg. von Prof. Dr. Gustav
H e y e r , Regierungsrath und Director der Forstacademie zu Münden, im
48. Jahrg., Neue Folge, Frankfurt a. M., J. D. Sauerländer 1872, auf
S. 189—191 über : J o s e p h K e h r e i n , kgl. preuß. Seminardirector in
Montabaur, und K e h r e i n , F r a n z , kgl. preuß. Oberförster in Rennerod,
Wörterbuch der Weidmannssprache für Jagd- und Sprach-
freunde aus den Quellen bearbeitet, Wiesbaden 1871.
(Eine fleißige Arbeit, das vollständigste von allen die Weidmannssprache
behandelnden Büchern, dem aber doch gar manche Sprachschnitzer aus Un-
kenntnis vorgeworfen werden.)

Außerdem finden sich auch Beiträge von W e i g a n d in den „Berliner Jahrbüchern für deutsche Sprache und Alterthümer", z. B. „Leben und Tod der Maria"
nach der Gießener Pergamenthandschrift Nr. 876 (auch in der Haupt'schen Zeitschrift abgedruckt), wie in der Augsburger Allgemeinen Zeitung.

Abschiedslied

für die Seminaristen von einem Zögling des Seminars.

Friedberg 1824. Druck von P. L. Feubtner.

1.

Brüder! in der Trennung Stunde
Scheidet nicht mit bitterm Schmerz,
Denn jetzt glüht in unsrer Runde
Heißer jedes Bruders Herz;
Wie der Maiglanz die Gefilde
Sanft im Blüthenschimmer küßt,
Morgenroth mit Himmelsmilde
Thau sich über Fluren gießt.

Chor.

Wie die Erd' in Frühlings Wehen,
So ist unser Geist erwacht;
Aus der Dämmrung, aus der Nacht,
Wogt's, ein Licht von fernen Höhen.

2.

Jenen Tagen, jenen Stunden,
Wichtiger als Gut und Gold,
Wo wir Licht und Heil gefunden,
Sei ein ew'ger Dank gezollt!
Tage, schön wie Rosenauen,
Die uns biethen Würz und Duft,
Wenn der Lichtstrahl aus den blauen
Höhen neues Leben ruft.

Chor.

Linder Hauch von lichten Höhen
Goß uns Blüthen auf die Bahn,
Säuselte das Grün heran,
Fachte Gluth in Zephyrwehen.

3.

Unsern wackern Lehrern allen,
Die so treu ob uns gewacht,
Soll ein lautes Lob erschallen,
Sei ein ew'ger Dank gebracht!
Von den Theuren jetzt zu scheiden
Gießt in Wonne tiefen Schmerz;
Doch wir ziehen hin mit Freuden,
Durch sie glüht ja unser Herz.

Chor.

Gläserklang laßt wiederhallen,
Jauchzend schlürfet edlen Wein,
Mischet frohen Sang mit ein,
Laßt ein drei Mahl hoch erschallen!

4.

Die die Anstalt ihr gegründet,
Euch sei unser Dank gebracht,
Denn durch eure Wohlthat schwindet
Unterm Volk des Irrthums Macht;
Uns ist auch durch euch geworden
In dem Geiste helles Licht,
Daß an vielen, vielen Orten
Dämmerung und Nebel bricht.

Chor.

Drum laßt Gläserklang erschallen,
Strahlen sprüh'n den goldnen Wein,
Frohe Sänge schallen drein,
Drei Mahl hoch den Biedern allen!

5.

Heil dem Fürst von unserm Staate,
Schützend Kunst und Wissenschaft,
Von der Lahn zum Rheingestade,
Wo erglüht der Rebe Saft;
Heil ihm! der mit Vatermilde
Sorgt für seines Landes Glück,
Dem das Volk, das dankerfüllte
Jauchzt mit kindlich frohem Blick.

Chor.

Lebe uns noch lang in Freuden,
Fürst! wir rufen laut es aus,
Und dein hocherhabnes Haus
Blüh uns in die fernsten Zeiten!

6.

Anstalt, du sollst lang noch blühen,
Ruhm beck' dich im Altergrau,

Männer sollen aus dir ziehen,
  Wie das Licht im Frühlingsblau.
Die im treuen Bruderbunde
  Ihr die Anstalt jetzt bewohnt,
Horcht der Lehre jeder Stunde;
  Durch sich selbst das Gute lohnt!

Chor.

Anstalt, blüh' noch lange Jahre,
Bild' in ferne Zeiten hin
Jünglinge, die kräftig glüh'n
Für das Gute, Schöne, Wahre!

7.

Nun, o Brüder! laßt uns ziehen
  Froh zur fernen Heimatflur;
Laßt uns stets fürs Gute glühen,
  Wandeln auf der Tugend Spur;
Lebet dem Beruf in Treuen,
  Dem wir uns so ernst geweiht;
Goldnen Saamen laßt uns streuen,
  Saamen für die Ewigkeit.

Chor.

Kräftig woll'n wir uns verbinden,
Daß trotz Mühe, Fahr und Schweiß,
Stets in unserm Wirkungskreis
Menschen in uns Engel finden.

8.

Haltet, was wir uns versprochen,
Und was unsre Herzen eint.
Wehe, wer den Bund gebrochen,
  Einstens seine Schuld beweint!
Vater! schaffe mit Erbarmen,
  Daß wir Alles halten fest.
Nun ein herzliches Umarmen,
  Eh' der Freund den Freund verläßt.

Chor.

Vater in den lichten Höhen,
Dir sei unser Dank geweiht,
Stärke uns zu jeder Zeit! —
Brüder, laßt uns dankend gehen! —

  Weigand.

Druckfehler:

S. 21, letzte Zeile (Anm.) lies Wilhelm statt Philipp.
S. 31, letzte Zeile u. S. 32, Z. 12 v. o. Bedürfnis st. Bedürfniß.
S. 68, Z. 12 v. o. mich statt sich.

Druck von Wilhelm Keller in Gießen.